Andy Strauß

Sie grunzen freudig, einige springen sogar hoch

Impressum

1. Auflage September 2013

Umschlaggestaltung: Melissa Hötger
Lektorat: Miriam Spies
Satz: Fred Uhde (www.buch-satz-illustration.de)

ISBN: 978-3-942920-24-7

Hat Dir das Buch gefallen? Schreib uns Deine Meinung unter:
info@unsichtbar-verlag.de
Mehr Infos jederzeit im Web unter www.unsichtbar-verlag.de

Unsichtbar Verlag | Wellenburger Str. 1 | 86420 Diedorf

Andy Strauß

Sie grunzen freudig, einige springen sogar hoch

Präambel

Laut Gablers Wirtschaftslexikon bezeichnet eine Präambel eine »Einleitung« zu »Gesetzen oder völkerrechtlichen Abmachungen, häufig auch [...] Verträgen, in der die Absicht des Gesetzgebers, der Ausgangspunkt der Vertragschließenden etc. dargelegt werden.« Ferner heißt es dort, die Präambel habe »keine unmittelbare Rechtsverbindlichkeit«, diene »aber der Auslegung einer Verfassung, eines Gesetzes oder Vertrages.«*

Nun, Sie halten jetzt aber weder einen Vertrag noch einen Gesetzestext in der Hand. Wie kann es dann sein, dass der Strauß sein nunmehr sechstes Buch mit einer Präambel beginnt, welche zunächst noch erklärt, was eine Präambel ist?

Dafür gibt es mehrere Gründe. Zunächst mal hatte ich in meinen bisherigen Veröffentlichungen schon Vorwort (am Ende des Buches), Vorspiel, Gruß und Eröffnungsaufforderung, eines beginnt sogar mit der etwas kryptischen Widmung »For my Bro, biatch«, obwohl ich keinen Bruder habe und mein Hundekumpane ein Rüde ist. Und wie wir spätestens seit *Harold and Maude* wissen, ist jeder Tag ein Tag für etwas Neues. Dieses Mal also eine Absicht erklärende Einleitung. Darüber hinaus müssen Sie zugeben, dass *Präambel* ein wirklich schönes Wort ist. Sagen Sie es einfach mal laut! Wenn Sie keinen fränkischen Akzent haben oder auf andere, dubiose Art und Weise das R rollen, wodurch die erste Silbe erschreckend lang gezogen wird,

---

* Fußnote: Wäre ich ein Wissenschaftler, stünde hier eine Fußnote mit Auflage usw.

dann haben Sie gerade ein Wort ausgesprochen, welches sich perfekt zu der Melodie von *Ti Amo* von Umberto Tozzi, in Deutschland vorwiegend bekannt durch Howard Carpendales Interpretation, trällern lässt. Ich hoffe Ihnen mit dieser Information nicht das Lied versaut zu haben und dass Sie jetzt nicht immer »Präambel« statt *Ti Amo* singen müssen, wenn Sie gerade bei einer Ü50-Party illuster über den Tanzflur schwofen. Was ich als Letztes noch spannend an der Präambel finde, ist artikelbedingter Stolpersteincharakter. Wenn man *Präambel* einfach so in der Gegend herumstehen sieht, möchte man am liebsten ein »Das« davor setzen und es aus seiner Spracherfahrung heraus *neutrumisieren*. Die Präambel ist somit die sprachliche Gegenspielerin zum Konklave, beide dreschen auf ihre jeweils eigene Art gegen den Gemeinsinn. Wenn sich die Präambel und das Konklave auf einen Artikeltausch einigen könnten, wäre der Sprachwelt vielleicht gedient, aber wie oben angemerkt: jeden Tag was Neues, warum nicht mal ein flippiger Artikel?

Ich selbst bin über die Präambel gestolpert, als ich Nutzerprofiltexte in einem Erotikforum, in dem ich seit vielen Jahren zu Recherchezwecken angemeldet bin, studierte. Eine junge, attraktive Frau arbeitet sich dort an einer paragraphierten Präambel ab, die zukünftige sexuelle Abenteuer im Vorfeld regeln soll. In Anbetracht all der Spinner, die auf jener Plattform ihr Unwesen treiben, ein sicherlich gutes Vorgehen. Zwar umtreibt mich nicht die Vermutung, dass dieses Buch in die Hände von Spinnern, die sexuelles Schindluder mit den Seiten treiben wollen, fallen könnte, immerhin habe ich im Titel auf Worte wie »Wanderhure«, »Abstufungen von Grau« oder »Biss« verzichtet, dennoch sollten wir jetzt Grundsätzliches klären.

Zum Beispiel, warum ich jetzt diese Kurzgeschichtensammlung rausbringe. Dazu muss ich sagen, dass ein sehr guter Freund von mir Kunstrestaurator ist und ich häufig mit ihm über das Haltbarmachen von Kunst diskutiere. Mir ist natürlich bewusst, dass einige der Texte, die sich in diesem Geschichtenkonglomerat befinden, besonders von der Live-Aufführung leben. Nun ist es aber ja leider Fakt, dass das Leben vergänglich ist und ich diese Texte nach meinem Ableben nicht mehr auf einer Bühne aufführen kann. Natürlich gibt es dann noch allerhand Videos von den Auftritten, gerade in Zeiten, in denen eigentlich jeder eine Kamera in seinem Mobiltelefon eingebaut hat und diese mittels verschiedener Internetplattformen allen Interessierten zugänglich machen kann. Trotzdem bin ich der Überzeugung, dass Papier immer noch mächtiger ist als irgendwelche Festplatten, die in großen Serverräumen ihr trauriges Dasein fristen. Diese Festplatten werden, im Gegensatz zu einem Buch, nur selten in die Hand genommen, von Händen und Blicken gestreichelt. Wenn ich mir aber testamentarisch etwas für einige meiner Texte wünschen könnte, dann, dass ihnen in gedruckter Form diese Liebe zuteilwird. Auf diese Art konserviere ich einen Teil meines Schaffens in einer angebrachten Form. Dass die Nachfrage dazu besteht, bestätigt mir immer wieder der persönliche Kontakt zu Menschen nach Auftritten, die eben diesen oder eben jenen Text gerne in gedruckter Form besäßen, zumal ich ja auch einige Worte lecker in mich hinein nuschele.

Jetzt wird Ihnen sicherlich noch aufgegangen sein, dass ich diese Präambel mit einer Definition von Präambel beginne, die in einem Wirtschaftslexikon steht. Dazu sei folgendes gesagt: Ich hätte selbstverständlich auch aus der Wikipedia zitieren können, doch wer möchte schon ein

Buch lesen, dass mit einem Zitat aus Wikipedia beginnt? Zudem ist es ein kleiner Kunstgriff, denn im Prinzip ist es nicht gerade wirtschaftlich, heute noch ein Buch rauszubringen, besonders nicht in einem Kleinverlag. Der für das Buch erhaltene Lohn wird dabei in keiner Weise dem Aufwand entsprechen, der für die Zusammenstellung des Buches aufgebracht wurde. Aber hey! Fuck the money, ich habe Kunst konserviert! Und da Du dieses Buch anscheinend gerade in der Hand hältst, habe ich es für Dich getan. Nur für Dich! Und ist Dir darüber hinaus aufgefallen, dass ich Dich am Anfang noch gesiezt habe und Dich jetzt duze? Das ist so, weil wir zwei jetzt schon ein bisschen eine persönliche Bindung haben, wie ich finde. Bleibt nur, Dir viel Spaß mit dem zu wünschen, was mein Kopf in den letzten Jahren so ausgespuckt hat, was ich hiermit tue.

Inhalt

1.

Das Märchen von einem Goldrockmädchen

Es war einmal zu einer Zeit, in der es das Internet noch nicht gab, eine gar fette Glatzenrapunzel, die stets einen goldfarbenen Nylonrock trug. Die Glatzenrapunzel wollte in ihrem Leben immer nur tanzen und hopsen, wie eine Mischung aus einer Ballerina und einem Basketballspieler. Zur Schule war sie nie gegangen. Sie konnte weder schreiben noch lesen, konnte nicht rechnen oder die Hauptstädte der Bundesländer aufsagen, auch konnte sie keine Schleife binden, weswegen sie immer Klettverschlussturnschuhe vom Deichmann klaute.

Da Glatzenrapunzel voll nervig war, allein schon, wie die immer gelabert hat, wurde sie mit dreizehn Jahren von ihren Eltern kurz vor Ladenschluss auf dem Parkplatz eines Netto-Supermarktes ausgesetzt. Die Eltern ließen sie einfach im Einkaufswagen sitzen, schoben diesen dann in das Konvolut der anderen Einkaufwagen, kassierten die eine Mark Pfand wieder ab und fuhren mit ihren Rollschuhen von dannen. Dabei hörten sie auf ihren Walkmans Musik von Abba und drehten freudige Pirouetten.

Erst am nächsten Tag kam Glatzenrapunzel wieder frei. Der Kunde, der sich ihren Wagen schnappte, staunte nicht schlecht, als ihm das goldberockte Wesen plötzlich aus dem Wagen entgegenhüpfte und dann wild über den Parkplatz tanzte. Und sie tanzte und tanzte und hopste und tanzte, bis ein grüner VW Jetta gegen sie rammte. Glatzenrapunzel flog vierzig Meter weit auf das Dach des Supermarktes, wo sie viele andere Kinder traf, die zumeist auf gleiche Art und Weise dort gelandet waren. Die Kinder nannten sich Eins bis Vierunddreißig in der Reihenfolge ihrer Ankunft. Auf dem Dach des Supermarktes hatten sie eine Parallelgesellschaft gegründet. Sie lebten in Behausungen, die sie aus Pappresten, die der Wind ihnen zugespielt hatte, bauten und da es die Satellitenbilder von Google Maps noch nicht gab, blieben sie auf dem Dach unentdeckt. Es war eine friedliche Gesellschaft. Niemand strebte nach Macht und Reichtum, jeder hatte seine kleine, aber feine Aufgabe und man konnte aufbleiben, so lange man wollte, auch wenn man noch nicht groß war. Zu essen gab es auch immer genug, denn Alarmanlagen gab es damals noch nicht und Eins und Zwei, die am selben Tag auf das Dach autogerammt worden waren, hatten schon in der ersten Woche einen Weg gefunden, sich ordentlich mit Futter zu versorgen. Durch einen Lüftungsschlitz im Dach des Kaufhauses konnten sie sich mit einem Angelhaken, den sie in einem Pelikan gefunden hatten, und einer Schnur, die am Handy von Zwei war, denn schnurlose Handys gab es damals noch nicht, fast alle Produkte des Kaufmannsladens unauffällig angeln. Sogar eine der riesigen Tiefkühltruhen hatten sie sich samt Inhalt auf das Dach geangelt, was im Übrigen auch der Grund ist, warum Neun auf dem Dach lebt, denn Neun wurde von seinen Eltern in der Tiefkühltruhe ausgesetzt. Damals wurden generell viel mehr Kinder ausgesetzt, weil es noch kein Aids und somit auch keinen Grund für Kondome gab. Es waren herrliche, gefühlsechte Zeiten damals.

Glatzenrapunzel also landete auf dem Dach und wurde alsbald von Eins bis Vierunddreißig getauft, aber da sie sehr dumm war, konnte sie nicht verstehen, warum sie jetzt Fünfunddreißig heißen solle. Und da sie es nicht verstand, wollte sie es auch nicht akzeptieren, egal, wie freundlich die anderen sie davon zu überzeugen versuchten. »Nein, nein, nein! Ich bin Glatzenrapunzel!«, sagte sie und hopste und tanze zornig gegen all die anderen Kinder. So zornig hopste und tanzte sie, dass nach und nach alle anderen Kinder von ihr angedopst und vom Dach geschleudert wurden. Da die Kinder sich aber nach ihrem Dach sehnten, versammelten sie sich auf dem Parkplatz und warteten auf Autos, die sie auf das Dach zurück rammten. Die ersten, die zurück auf dem Dach landeten, wurden allerdings umgehend wieder von der Hopsenden runtergedopst, also versammelten sich Eins bis Vierunddreißig in einer Hecke, um einen Plan auszugebüschen oder in einem Gebüsch, um einen Plan auszuhecken, das weiß man heute nicht mehr genau, weil es damals noch kein facebook gab, wo dann jeder gepostet hätte, dass er sich gerade zum ausgebüschen eines Planes mit Eins bis Vierunddreißig in eine Hocke geheckt oder eine Hecke gehockt oder wie auch immer hat. Wichtig ist ja auch nur, dass etwas geplant wurde. Die Idee von Vier war, dass sie einfach warten würden, bis Glatzenrapunzel verhungert wäre, da diese ja bestimmt auch zu dumm wäre, auf dem Dach etwas Essbares zu finden. Das fanden schon die meisten gut, aber Neunzehn warf ein, dass man in der Zeit ja auch selbst zu hungern hätte, da man ja in der Zeit auch selbst nicht angeln könne. Siebenundzwanzig schlug dann vor, mit einem Kampfjet dicht über das Dach zu fliegen, damit der Sog der Turbinen Glatzenrapunzel in sich einsaugen würde. Das fanden alle gut. Sie spazierten also rüber zum Stützpunkt des amerikanischen Militärs, von denen es zu jener Zeit in Deutschland noch an jeder Straßenecke welche gab, da der Krieg gerade in einer kalten Phase war, und bestellten sich beim Drive-Thru-Schalter einen Kampfjet mit doppelt Käse. Da sagte der amerikanische Junge hinter der Glasscheibe: »Njet!«, da er eigentlich ein russischer Spion war, wie es sie zu jener Zeit in jeder amerikanischen Kaserne haufenweise gab. Zwölf drohte dem Spion sogleich geistesgegenwärtig, dessen Tarnung auffliegen zu lassen, würde er sie nicht auch fliegen lassen, also ließ er sie fliegen.

Alle Kinder passten in den Kampfjet hinein, aber keiner von ihnen wusste so genau, wie man einen Kampfjet fliegt. Sie hatten zwar alle Erfahrungen mit dem Fliegen auf Dächer, bis auf Neun, der ja mit der Truhe gekommen war, aber Kampfjets waren ein ganz anderes Kaliber als der eigene Körper – irgendwie größer und mit mehr Tasten. Eins bis Vierunddreißig versammelten sich dann um das Cockpit und drückten verschiedene Tasten bis Zweiunddreißig die Taste für den Schleudersitz erwischte – so wurden Eins bis Vierunddreißig auf das Dach der Versorgungshalle der Kaserne geschleudert. Auch dort gab es einen Lüftungsschlitz, aber das Essen, das sie hier angeln konnten, schmeckte total erbärmlich, da es erstens aus Amerika war und zweitens nicht Menschen, sondern Soldaten ernähren musste. Die Kinder aber beschlossen, so lange dort zu bleiben, bis Glatzenrapunzel auf dem Kaufhausdach verhungert wäre, um dann in ihre alte Heimat zurückzukehren. Sie angelten sich ein Fernglas, um damit die Lage auf dem Kaufhausdach gut beobachten zu können. Diese Aufgabe übernahm Vierzehn und was er sah, machte, dass er zu sabbern begann: Glatzenrapunzel saß mit einem Tennisschläger auf dem Dach und schlug damit auf Tauben ein. Vierzehn verkündete es den anderen dreiunddreißig und jeder durfte mal gucken. Sie fragten sich, woher das hässliche Mädchen das Sportgerät hatte und warum es ausgerechnet auf Tauben einprügelte, doch sollte diese Frage nicht beantwortet werden, denn da erhob ich meine Stimme:

»Ihr verdammten Kinder, was macht ihr da oben auf dem Dach meiner Kaserne? Spannert ihr etwa in die Gruppendusche, weil ihr unbedingt mal muskulöse Soldatenmannen ohne Latz und Schabadu sehen wolltet?«

Die Kinder erschraken, kamen herunter und erzählten mir ihren Leidensweg. Da es sich bei ihnen anscheinend um Menschen handelte, die niemand vermissen würde, richtete ich ihnen innerhalb des Kasernengeländes ein Camp ein, in dem sie gut versorgt wurden. Sie lernten allerhand Spionagetechniken und vermehrten sich zudem prächtig. Immer wenn einer volljährig wurde, setzte ich ihn in einen Zug nach Ostdeutschland, wo sie irgendwann genug waren, um eine friedliche Revolution anzuzetteln und Ost und West wieder zu vereinen. Die Glatzenrapunzel aber lebt immer noch auf dem Kaufhausdach. Sie ist richtig intelligent geworden und kann sich selbst versorgen und so weiter. Dumm war sie nämlich eigentlich nur, weil ihre Eltern einen der ersten Fernseher hatten und sie da immer vor sitzen musste. Dort bekam sie nur schlechte Luft und wenig Aufmerksamkeit. Also liebe Eltern: Wenn ihr Kinder habt, die ihr loswerden wollt, dann ist irgendwo immer ein Kaufhausparkplatz

2.

Die nötigen Mittel

Das gute Leben begann im Jahre 2002. Ich hatte die Keksfabrik zwar schon im Jahre 1999 gegründet, aber erst 2002 warf sie wirklich den erhofften Gewinn ab. Die Ursache war eine bestimmte Rezeptur, auf die mich mein Sohn gebracht hatte. Meine Frau Jalianka hatte immer Probleme damit, ihm das Gemüse in sein Maul zu verfrachten. Gemüse ist wichtig, denn dort sind die Vitamine drin und ohne Vitamine sieht man scheiße aus. In vielen Branchen kann man es sich leisten, scheiße auszusehen, als Hippie oder Schraubenfabrikant zum Beispiel, aber wenn du Kekse produzierst, dann müssen deine Kinder fit sein, sonst sagen die Leute: »Guckt euch den hässlichen Bastard dort an! So sieht man also aus, wenn man als Kind nur die Kekse dieser Firma frisst!«

Das wäre das vorzeitige Aus für die Fabrik gewesen. Jalianka und ich mussten uns also etwas überlegen. Zuerst versuchten wir, mit Lebensmittelfarbe dem Gemüse einen hippen, kindgerechten Anstrich zu verleihen, was uns aber nicht recht gelingen wollte. Das Gemüse sah danach eher aus wie Picassos Guernica. Jalianka hatte, bevor sie mich kennengelernt hatte, schließlich mal vier Semester Kunst studiert und wollte von ihren Ansprüchen beim Malen nicht abweichen. Als ich dann einmal vor Zorn erst auf Jalianka und dann auf das bemalte Gemüse einschlug, hatte ich die Lösung praktisch vor Augen. Wir begannen, Gemüse, Obst und etwas gutes Rindfleisch zu pürieren, machten mit ein paar Eiern, etwas Milch und Vollkornmehl einen Teig draus und formten gesunde Kekse, die wie kleine Roboter und Feenwesen aussahen. Plötzlich hatten wir etwas Nahrhaftes, das sogar ein Bastard wie mein Sohn essen wollte. Bastard sage ich übrigens, weil ich daran zweifle, dass der Junge wirklich mein Sohn ist, mit seinen roten Haaren und den Sommersprossen.

Die Kekse waren das Prinzip Fischstäbchen. Nimm etwas gesundes, mach, dass es ungesund aussieht und schon wird dein Kind kräftig zulangen. Auf dem Markt liefen die Kekse für gemüseverachtende Kinder besser an, als jeder andere Keks jemals angelaufen ist und ich wurde über Nacht zum Millionär.

Am nächsten Morgen verkaufte ich den Kleinen und seine Mutter an die Russen, denn ich hatte jetzt ja Geld, was sollte ich da noch mit einer Familie, vor allem mit so einer dämlichen? In Geld kann man baden, in einer Familie nicht – zumindest nicht, ohne sie vorher kaputt zu machen. Erst hatte ich noch überlegt, tatsächlich in der Familie zu baden, aber das Angebot der Russen war einfach zu gut, denn für rothaarige, sommersprossige Europajungs gibt es einen großen Markt in der Ukraine.

Meine Frau selbst hätte keinen Gewinn gebracht, sondern eher Kosten verursacht. Da die Russen den Jungen aber unbedingt haben wollten, haben sie Jalianka als Bonus umsonst mitentsorgt.

Mit dem Geld begann für mich eine unglaubliche Zeit, außerdem hatte ich in meiner Wohnung jetzt zwei weitere Zimmer frei. Aus dem Kinderzimmer vom Bastard machte ich einen SPA-Bereich mit Swimming- und Whirlpool, vier Saunen und einem Dampfbad. Vorher hatte ich mich immer ärgern müssen, den Keller nicht vernünftig nutzen zu können, kannte aber auch keinen besseren Ort für den Jungen.

Aus Jaliankas Arbeitszimmer machte ich einen riesigen, begehbaren Schrank, den ich mit fast unendlich vielen Tier-, Horror- und anderen Kostümen füllte. Seither trage ich täglich mindestens zwei verschiedene Kostüme.

Auch andere Teile meines Hauses baute ich so um, wie ich sie haben wollte. Das Wohnzimmer wurde zu einer großen Kühlhalle, denn Fernsehen kann jeder, ich wollte lieber Schweine- und Rinderhälften beim Herumbaumeln zuschauen. Das Gäste-WC wurde zu einem öffentlichen Pornokino mit Glory Hole, mein Garten zu einem indianischen Friedhof auf der einen und einer Rennstrecke für Bagger auf der anderen Seite. Aus meinem Wintergarten machte ich eine Art riesiges Marmeladenglas und in dieser Marmelade lies ich Anwalte schwimmen, die mir dafür sehr viel Geld gaben. Es dauerte nicht lange, bis ich durch die Anwälte mehr Geld als mit den Keksen verdiente, also engagierte ich eine Gruppe libyscher Söldner, die die Keksfabrik so sprengten, dass es wie ein Unfall aussah. Ich kassierte die volle Versicherungssumme und musste keinem Angestellten eine Abfindung zahlen, denn über neunzig

Prozent der Belegschaft glichen nach der Explosion einem Puzzle und die anderen spielten Statisten auf der indianischen Seite meines Gartens.

Um möglichst lange zu leben, was cool ist mit so viel Geld, beauftragte ich eine Agentur, für mich nach Frauen zu suchen, die frisch geworfen hatten und sich etwas Geld dazu verdienen wollten. Die Milch, die ich aus ihren Brüsten sauge, ist das Einzige, was ich seither esse. Es geht mir wirklich gut.

Als Freizeitspäßchen lasse ich mir sehr dicke Männer kommen, male ihnen eine Dartscheibe auf den Bauch und werfe die Pfeile – trotzdem ins Gesicht. Wenn ich ein Auge treffe, springe ich auf, brülle »Bulls Eye«, ficke den vorher schon Fetten, dann auch noch Halbblinden, in den Arsch und kotze in den Kühlschrank.

Viele Leute sagen, ich hätte mich durch das Geld verändert.

Aber das stimmt nicht.

Ich habe jetzt einfach die nötigen Mittel.

3.

Die Vorteile mangelnder Reflektion auf dem Arbeitsmarkt

An der Bushaltestelle *Knubbenhügel* stehe ich und warte auf den Bus in Richtung Zivilisation. Damit ich den Bus nicht verpasse, was wichtig ist, denn ich muss zu einem Bewerbungsgespräch, bin ich extra früh zur Halte gelaufen und habe jetzt noch eine gute halbe Stunde Zeit, bis der Bus kommt. Eigentlich verlangt das fantastische Wetter das Tragen von feinen, kurzärmligen Shirts und Bermudahosen, aber ich muss seriös wirken, das ist heute das Maß der Dinge. Darum Hemd, Anzug und Krawatte. Die Sonnenstrahlen stechen wie Stricknadeln auf mich ein und ich verjage die Zeit, indem ich Wolken aus Zigarettenrauch vor die Sonne blase, meine Kindheit resümiere und mir frische Luft zufächere. Es war vieles okay in meiner Kindheit, aber heute wird sie schlaganfallartig durch ein Bewerbungsgespräch enden. Der Personalchef wird Fragen stellen und ich werde nicht mit ihm herumalbern, sondern seriös auftreten und mit etwas Glück unterzeichne ich schon in zwei Stunden meinen ersten Arbeitsvertrag, bin kein Kind mehr, sondern endlich Robbenklopper in der Antarktis.

Gerade, als ich völlig in Gedanken diese Bewegung mache, die jeder Robenklopper wohl hunderte Male am Tag macht, nämlich einen typischen Fünfundvierziggrad-Schwinger von oben nach unten, hält plötzlich ein mir unbekanntes Auto an der Bushaltestelle, mattschwarzer Sportwagen, schwarze Radkappen, dunkel getönte Scheiben. Es sieht ein bisschen aus, wie das Batmobil in weniger prollig oder wie ein ganz normales Auto in verdammt prollig. Als das Auto steht, senkt sich die Fensterscheibe der Beifahrertür wie von Geisterhand, denn auf dem Beifahrersitzt sitzt keiner. Ich habe schon einmal von dieser neuartigen Technologie gehört, die es ermöglicht, Fensterscheiben von Autos ohne Drehkurbel zu senken, hielt es aber immer für einen Scherz. Nun aber weiß ich, dass man mich nicht angelogen hat, was ein gutes Gefühl ist. Die Kleidung des Fahrers ist der meinen nicht unähnlich, einzig die Farbe seiner Krawatte ist eine andere. Mit tiefer Stimme brummt er mir entgegen, dass ich einsteigen soll.

»Darf ich im Auto rauchen«, frage ich ihn und er verneint. »Dann steig ich auch nicht ein«, entgegne ich. Gedankenverloren schaut der Fahrer einige Sekunden nach vorne und blickt dann wieder in meine Richtung: »Okay. Wenn du das Fenster offen lässt und an der Tankstelle einen Duftbaum kaufst, dann darfst du rauchen.«

Zwar habe ich nicht genügend Geld für einen Duftbaum, trotzdem willige ich ein und steige in den Wagen. Wir fahren los und schweigen, bis wir an einer wirklich hübschen Frau vorbeifahren, die leider einen Kinderwagen schiebt.

»Wahrscheinlich ein sehr hübsches Kind«, vermutet der Fahrer, geht in die Eisen und steigt aus. Draußen begutachtet er Frau und Kind, redet etwas und bald darauf sitzen wir zu zweit auf der Rückbank. Die junge Mutter sitzt vorne und der Fahrer sitzt da, wo ein Fahrer nun mal sitzt.

»So jetzt, Freunde«, sagt der Fahrer dann. »Wir haben Sommer, Freunde, und ich habe noch nicht mit meiner Familie gegrillt. Es ist nicht so, dass ich keinen Grill habe, den hab ich nämlich, und was für einen, was ich aber nicht habe, ist eine Familie. Du bist jetzt meine Frau und ihr da hinten seid meine Kinder, verdammt. Jetzt wird gegrillt, aber richtig!«

Während er spricht, kramt er aus dem Handschuhfach vier Schirmmützen mit der Aufschrift »Glückliche Familie« hervor, setzt sich selbst eine auf und reicht jedem von uns ebenfalls eine. Da es auf der Rückbank keine Fenster gibt, benutze ich die Mütze als Aschenbecher für die Zigarette, die ich mir mit der Kleinen teile. Sie hustet stark, aber beruhigt sich auch schnell wieder. Die junge Mutter sagt gar nichts, was vielleicht daran liegt, dass sie nicht weiß, was sie sagen soll, wahrscheinlicher aber daran, dass sie seit dem Schlag vom Fahrer bewusstlos ist. Wenn wir zwei jetzt alleine wären, würde ich mir ein neues Schwesterchen machen, aber vielleicht wird sich später eine Gelegenheit dafür finden. »Sohn, willst du mal fahren«, fragt mein Vater und natürlich will ich. Wir legen also Mutti nach hinten, Papa setzt sich auf den Beifahrersitz und ich fahre immer dahin, wo Vater sagt. Irgendwann erreichen wir eine Schrebergartensiedlung. »Das hast du wirklich fein gemacht«, lobt Papa, klopft mir auf die Schulter und meine Brust schwillt an vor Stolz, obwohl ich schon seit sieben Jahren den Führerschein habe. Auch Mutti erwacht wieder und sagt, dass sie die Steaks gerne mit mir marinieren würde. Zwar würde ich lieber Mutti mal kräftig marinieren, doch tue ich, wie mir geheißen. Dann grillen wir gemeinsam. Vom Fleischgeruch angelockt steht plötzlich ein übermäßig fetter Mann in Frauenkleidern neben dem Grill. Er sagt, er sei Willi und suche seinen Biber. Da er die Familienidylle stört, werde ich verdonnert, sein Tier für ihn zu suchen. Der Biber ist schnell gefunden, denn er hat sich im Stacheldraht eines höchst gesicherten Gartennazis verfangen. Willi ist glücklich und auch meine Eltern sind stolz auf mich. Zur Belohnung bekomme ich ein Eis. Als es schon spät am Abend ist, bringt der Mann uns wieder nach Hause. Zuerst die junge Mutter mit dem Kind und dann mich. Als ich aussteigen will, hält der dubiose Fahrer kurz inne, dann sagt der Mann:

»Du lässt wirklich alles mit dir machen ohne nachzufragen. Willkommen an Board, du hast den Job.«

4.

Erst stand Weihnachten vor der Tür, dann Silvester und jetzt Kai-Uwe

Kai-Uwe steht vor der Tür und geht nicht weg, er klingelt alle fünfzehn Minuten. Anneli ist bereits nervös. Wir schauen ihn abwechselnd durch den Türspion an. In seiner linken Hand trägt er eine gelbe Tüte, die, da ich nicht weiß, was sie enthält, mein Herz härter schlagen lässt.

»Was will der wohl?«, fragt Anneli im leisen Flüsterton und klammert sich an meiner Schulter fest. »Ja, was will der wohl?«, frage ich zurück. Wieder ist eine Viertelstunde um und wieder betätigt Kai-Uwe die Klingel. Vier Stunden geht das jetzt schon so, es ist das dreizehnte Klingeln. Anneli zuckt zusammen.

»Irgendwann, ... irgendwann muss der doch mal Hunger bekommen«, flüstert Anneli zu sich selbst und steckt sich resignierend einen Finger ins Ohr. Und damit behält sie, wie ich durch den Spion erkenne, Recht. Kai-Uwe hat anscheinend Hunger bekommen und sich aus seiner Manteltasche ein Sandwich geholt. Um es zu essen, hat er die Tüte vor sich auf den Boden gestellt, es zeichnet sich eine rechteckige Form ab. »Da ist etwas Rechteckiges in der Tüte«, mutmaße ich, fast etwas zu laut, und bemerke, wie Anneli noch bleicher wird, als sie ohnehin schon ist: »Oh mein Gott! Vielleicht ist es ein Kubus! Wie in diesem Film mit dem Kubus, in dem die Leute plötzlich aufwachen und dann nicht mehr wissen, warum oder wie sie in diesen Kubus gekommen sind. Und dann sterben sie. Ich will nicht sterben, Manfred!«

Kai-Uwes Sandwich wird immer kleiner, es ist mit Salami, Gürkchen und Tomaten belegt. Anneli geht in die Küche und macht sich einen Drink, sie mixt den besten Manhattan östlich von Manhattan. Als sie wiederkommt, fasst sie mir in den Schritt und flüstert mir ins Ohr, dass wir, wenn wir schon sterben müssten, unbedingt nochmal miteinander schlafen sollten. Ich weiß, dass sie recht hat, wende aber ein, dass wir Kai-Uwe nicht aus den Augen lassen dürfen. In diesem Moment sind wieder fünfzehn Minuten vergangen, was ein weiteres Klingeln zur Folge hat. Anneli zuckt erneut zusammen und schlägt dann vor, dass sie durch den Türspion schauen kann, während ich vorsichtig von hinten mit ihr schlafe. Ich halte das für ein den Umständen entsprechend gutes Vorhaben. Eigentlich hatte ich mir vorgenommen, ab dem Tag unserer Hochzeit nicht öfter als vier Mal im Jahr mit Anneli zu schlafen und wir haben ja schon am dritten Januar, aber in Anbetracht von Kai-Uwe vor der Tür ist es vertretbar. Anneli also stellt sich an das Guckloch, entfernt die Boxershorts unter ihrem Rock und spreizt die Beine ein wenig. Ich also versuche, vorsichtig mit ihr zu schlafen, muss aber feststellen, dass ich etwas zu groß bin, wohingegen sie etwas zu klein ist. Nachdem ich fünf Minuten lang mein Bestes gebe, die Differenz zu überbrücken, indem ich tief in die Knie gehe, schnauzt mich Anneli ungeduldig an: »Komm endlich rein, es ist offen!«

Das wiederum habe nicht nur ich gehört, sondern auch Kai-Uwe, der jetzt von außen die Türklinge drückt, aber feststellen muss, dass nicht offen ist.

Fassungslos frieren Anneli und ich in dieser Position ein. Zwei Minuten vergehen so, bis Dieter, unser zwanzigjähriger Sohn, aus seinem Kinderzimmer kommt.

»Wer klingelt denn hier die ganze«, sagt er, bricht dann aber, als er uns sieht, mitten im Satz ab und geht ins Badezimmer. »Ja, ja, dein Papa bringt's noch«, rufe ich ihm hinterher. »Stimmt gar nicht«, sagt Anneli und folgt Dieter ins Bad. Das ist genau die Gelegenheit, auf die ich die ganze Zeit schon gewartet habe. Ich mache einen Sprint in die Küche, hole einen Stuhl und klemme die Lehne unter die Türklinke der Badezimmertür. Dann öffne ich die Wohnungstür und nehme Kai-Uwe in den Arm.

»Hallo. Ich war gerade in der Gegend und dachte, ich schaue mal vorbei«, sagt er, als ich ihn wieder losgelassen habe. Im Wohnzimmer setzt er sich auf den Lieblingssessel von Anneli, auf dem seit vier Monaten keiner mehr gesessen hat. Seit dem Unfall ist so vieles anders geworden, Sekunden kommen mir wie Stunden vor und meine Phantasien wirken wie tatsächlich Erlebtes.

»Ich mach mir wirklich Sorgen um dich, Manfred. Glaubst du, dass du alleine klarkommst?«

»Ja«, antworte ich und lüge ein Lächeln.

»Du kannst dich immer bei mir melden«, sagt er. Ich glaube, dass ich das tatsächlich tun werde. Ich vermute, ich kann ihm vertrauen.

5.

Weltuntillgangsszenario

Es ist Sonntagabend und ich sitze im Schrank. Voll gut. Hier sind all meine Pullover und die Jogginghosen, zudem ein Körbchen mit Söckchen, eine Socke voller Geldscheine und die eine, sehr harte Socke, die ich immer nehme, wenn ich keine Taschentücher in Reichweite habe und trotzdem intim mit mir werden möchte. Der Schrank wurde während des kalten Krieges gebaut und war eigentlich als Einmannbunker gedacht – und da ein Mann von Welt einen begehbaren Schrank haben sollte, erwarb ich diesen bei eBay zum Preis von nur sieben Euro zuzüglich vierzigtausend Euro Versand. Das mit den Versandkosten hatte ich zunächst übersehen. Das soll bei diesen Auktionen im Internet ja häufiger vorkommen. Als es mir dann auffiel, machte ich mir kurz Sorgen, hatte dann aber einen rettenden Einfall, der nur Genies wie mir einfallen konnte: Ich würde das Geld einfach nicht zahlen. Sollte sich dereinst ein rabiates Inkassounternehmen zu mir aufmachen, würde ich mich einfach im Schrank verstecken und dort die ganze Sache aussitzen, genauso, wie ich es jetzt tue. Oft sitze ich im Schrank, da es dort zwischen all meinen Sachen so herrlich gemütlich ist und ich fein mit mir intim werden kann, heute aber nicht. Mir ist nicht nach Intimität zumute, meine Stimmung ist geprägt von Ekel und Angst – denn heute läuft zum ersten Mal ein Tatort mit Till Schweiger. Schon seit bekannt ist, dass dieser Tag kommen würde, ist er neonrot in meinem Kalender markiert, denn nach diesem Tag wird nichts mehr so sein wie es mal war. Die Medienlandschaft liegt brennend in Trümmern, in Millionen Wohnzimmern riecht es nach Erbrochenem und Lady Gaga zieht sich ordentlich an. Für mindestens ein Jahr werden die Straßen nicht mehr zu betreten sein, so lange wird es dauern, all die Selbstmordopfer von der Straße zu kehren. Ratten werden aus ihren Höhlen kommen und an ihnen nagen, Seuchen werden sich verbreiten, kurz: es wird nicht schön, Dessau überall. Hier in meinem Bunker allerdings bin ich sicher vor alledem und ich habe alles, was ich benötige, um diese Zeit zu überleben. Ein Kompressor pumpt frische, gefilterte Luft hier herein, ein Dieselgenerator mit sehr großem Tank sorgt extern für Notstrom und viele, viele Regale stehen voll mit Ravioli. Da sind normale Ravioli mit Hackfleischfüllung in Tomatensoße, Vollkornravioli mit Hackfleischfüllung in Tomatensoße, normale Ravioli mit Tomatenfüllung in Käsesoße, Vollkornravioli mit Mandelfüllung in Bibersoße und so weiter. Dann ein paar Dosen mit Bohnen und obendrein ein Zehnlitereimer mit frischem Wasser. Nun könnte man meinen, dass das nicht genügend Wasser wäre, aber das stimmt nicht. Ich habe hier nämlich Brausepulver, mit dem man seinen Urin recyceln kann. Er schmeckt dann wahlweise nach Zitrone, Himbeere, Waldmeister oder Club Mate – aber nach Club Mate nur, wenn man viel zu wenig von dem Pulver benutzt.

Damit ich in der Isolation nicht verrückt werde, habe ich schon vor Monaten damit begonnen, multiple Persönlichkeiten zu entwickeln. Ich bin jetzt ich, der kleine Pfadfinderjunge Kevin Brommer, Gina Wild, David Hasselhoff und Charlie Sheen. Dass ich auch letzterer geworden bin, war ein Fehler, denn es war sehr teuer, genügend Kokain für ein Jahr zu besorgen, als Charlie ist mir das allerdings egal. Gina hatte schon Sex mit dem Pfadfinderjungen, mir und Charlie Sheen; David Hasselhoff bisher nur mit dem Pfadfinderjungen; und Charlie mit allen außer mir, dafür aber noch mit allen Nachbarinnen, der Briefträgerin und dem Staubsauger. Der Blick zur Uhr verrät, dass es jetzt 20:14 Uhr ist, eine Minute vor dem großen Desaster. Noch einmal atme ich den Duft der Freiheit, dann ziehe ich die Schranktür zu und schließe von innen ab. Umgehend werde ich Gina Wild und versuche, mir eine Dose Ravioli in die Vagina zu rammen, finde aber meine Vagina nicht. Der Pfadfinder findet das widerlich und hält sich die Augen hinter die Hand. Plötzlich sehe ich nichts mehr und bekomme Panik, vermutlich hat der Weltuntergang begonnen. Nun kann ich aber doch wieder sehen, dafür macht der Pfadfinderjunge jetzt ein wärmendes Feuerchen. Gina sagt: »Geil, das ist heiß«, und Charlie kocht sich Heroin über den Flammen auf. Dann rammt er mir eine Spritze in den Arm, doch bevor er mir den Scheiß in die Venen spritzen kann, rammbockt ihn der Pfadfinderjunge von der Seite um. Abwechselnd schnaufen sie sich mit Stiergeräuschen an, wobei ich finde, dass der Pfadfinderjunge seine Geräusche um eine Nuance besser hervorbringt. Akustisch schießt jedoch David Hasselhoff den Vogel ab, als er zur Tür rennt, dagegen trommelt und krakeelt, dass er ist looking for freedom, seit er sein Herz hat gehen lassen. Charlie möchte nun gerne Murmeln spielen, aber nur mit seinen eigenen. Drohend klopft es jetzt auch von außen an die Tür. Da Gina gerade auf mir reitet und ich sowieso Angst vor von Ratten angefressenen Endzeitmenschen habe, kann und will ich nicht öffnen – dennoch dringt plötzlich frische Luft herein. Es ist meine Freundin, die einen Zweitschlüssel für den Schrank hat.

»Andy! Fickst du etwa eine Socke in deinem Schrank?«

Sie wirkt leicht sauer, kennt mich aber sehr gut und nimmt es deswegen mit Humor.

»Wie war der Tatort«, frage ich.

»Och, nicht gut, aber auch kein Weltuntergang.«

Erleichtert atme ich auf. Ich renne in die Freiheit, sperre die anderen hinter mir ein und freue mir einen Keks – er ist mit Schokostückchen und Mandelsplittern und schmeckt sehr gut. Ich vermisse meine Socke und fürchte, dass Charlie Sheen sich mir ihr vergnügt. Eifersucht pocht hart in meinem Penis.

»Ey Andy, pocht da etwa Eifersucht hart in deinem Penis«, will meine Freundin wissen, die ihre Hand genau an der richtigen Stelle hat, um meine Antwort auf ihren Wahrheitsgehalt zu überprüfen. Trotzdem verneine ich und sage, dass das Pochen von meiner Freude über die Freiheit herrührt.

Den Rest des Abends verbringen wir damit, eine Dose *Thunfisch im eigenen Saft* zu schnabulieren und einen schwedischen Krimi zu schauen. Der Krimi ist sehr spannend, auch wenn die Handlung etwas an den Haaren herbeigezogen wirkt, was ja überhaupt nicht mein Ding ist. Bis ich wieder zu meiner Socke kann, wird es wohl ein kleines Weilchen dauern, nämlich genau so lange wie es dauert, meine Freundin durch intensives Kraulen ihres Armes ins Traumland zu befördern. Aber dann werde ich sie befreien und immer in meiner Hosentasche mit mir führen.

6.

Red mit mir über Gefühle, du Clown

Als Ingolf bei mir anrief, hörte ich schon an seiner Stimme, dass etwas nicht in Ordnung war, denn er schluchzte mehrmals inständig, während er mich fragte, ob wir uns nicht umgehend treffen könnten. »Logisch«, sagte ich und fügte, um ihn aufzuheitern, noch »du drolliger Kawentzmann von einem Superkollegen« hinzu.

Auf unser verabredetes Treffen im Café Toolibert bereitete ich mich sorgfältig vor. Auf den Kopf setzte ich mir eine grüne Lockenperücke und ins Gesicht die rote Clownsnase, denn wenn ich schon nicht gut im Trösten bin, wollte ich Ingolf doch wenigstens mit meiner optischen Erscheinung etwas aufheitern.

An das Revers meines Hemdes steckte ich mir eine abgefahrene Blume aus Plastik, die die unsägliche Fähigkeit besaß, mittels eines verborgenen Mechanismus Wasser zu verspritzen. Als zweite Geheimwaffe steckte ich mir eine

Pistole in den Holster. Diese Pistole aber war nicht zum Töten, sondern ebenfalls zum Erheitern gedacht, denn betätigt man ihren Abzug, kommt lediglich ein kleines Fähnchen aus dem Lauf geschossen, welches der Schriftzug »LOL!« ziert. Was Humor betrifft, bin ich ein regelrechter Fuchs, das sagte schon meine Mutter und die muss es wissen, schließlich hat sie sich totgelacht.

Als ich im Toolibert ankam, saß Ingolf schon an einem Tisch. Er war eine krasse Erscheinung, so viel Traurigkeit hatte ich noch nie in Fleisch gegossen gesehen. Seine Augen waren todesverheult und der Gesichtshaut Blässe ließ ihre Röte noch heftiger strahlen.

»Was ist fett und steht am Kopierer«, begrüßte ich Ingolf und setzte mich ihm gegenüber. Doch anstatt zu antworten, begann er zu weinen. »Schön, dass du dich so freust mich zu sehen«, sagte ich und hielt es für angebracht, ihm direkt mit der Blume ins Gesicht zu spritzen. Ingolf zuckte kurz zusammen, aber im Meer der Tränen auf seinem Gesicht fielen die Spritzer gar nicht weiter auf. Dann saß ich einfach da, grinste, bestellte, wann immer die Kellnerin kam, Getränke und grinste noch mehr. Nach etwa einer halben Stunde des Schweigens, Weinens und Grinsens hatte Ingolf endlich seine Sprache wiedergefunden. Er sah mich gefestigt an, griff nach meiner Hand und erklärte, dass er mächtig Mist gemacht habe. Folgendes war passiert:

Ingolf hatte seit drei Jahren eine wunderschöne Freundin, war neulich aber mit einer Arbeitskollegin auf ein Oktoberfest gegangen. Eigentlich kein Problem, aber dann ist er nicht nur mit ihr hin-, sondern auch wieder mit ihr weggegangen und hatte dann süße, süße Liebe mit ihr gemacht. Eigentlich auch noch nicht das riesige Drama, aber dann ist aus der süßen, süßen Liebe wohl eine süße, süße befruchtete Eizelle geworden. An und für sich schon ganz schöner Mist, aber immer noch gar nicht das Problem, denn Ingolf hat dann seine Arbeitskollegin mit Chloroform betäubt, ihr medizinisch korrekt die Eizelle entnommen, dann seine Freundin mit Chloroform betäubt und ihr dann diese Eizelle eingepflanzt. Alles aber auch immer noch nicht das eigentliche Problem, schlimm war für ihn dann Folgendes:

Seine Arbeitskollegin kommt genpooltechnisch zu einhundert Prozent aus Mosambik, sodass das Kind definitiv nicht aussehen würde wie der quietschblonde Knabe von der Zwieback-Verpackung und er fürchtete dann, dass seine Freundin daraufhin erst einen Vaterschaftstest machen und dann, wenn seine Vaterschaft bestätigt seine werde, noch einen Mutterschaftstest machen würde – und dann käme die Wahrheit ans Licht.

Nachdem er mir das erzählt hatte, nahm ich die Pistole und schoss in die Luft, sie sagte: »LOL!«

Wieder begann Ingolf zu weinen, woraufhin ich das Café verließ, denn ich hatte mein ganzes Pulver verschossen.

7.

Jazzhands

Als ich die nun folgende Geschichte einmal im Allgäu bei einer Veranstaltung in einem Zirkuszelt vorlas, habe ich die Geschichte wie bislang immer in einer Art und Weise eingeleitet, die ich an dieser Stelle nicht wiederholen möchte. Die Einleitung hatte jedenfalls zur Folge, dass nach der Veranstaltung eine Handvoll Polizisten mein Auto über den Zeitraum von zwei Stunden nach Drogen durchsuchte. Da sich glücklicherweise alles, was verfänglich hätte sein können, bereits im Hotel befand, bin ich ganz glimpflich aus der Nummer rausgekommen. Ich muss die Geschichte also an dieser Stelle anders einleiten. Was ich hiermit tue.

Also, ich würde niemals jemandem Drogen empfehlen, aber angenommen folgende Situation: Man spaziert durch einen Wald, fröhlich gestimmt, vielleicht mit einem Liedchen auf den Lippen und guter Dinge und mit einen Mal springen da zwei grimmig dreinblickende Kobolde aus einem Gebüsch. Diese Kobolde tragen absurde Lederklamotten, über und über mit Killernieten gespickt und darüber hinaus hat einer der beiden Kobolde eine Bärenfalle in der Hand, die er einem unvermittelt an den Genitalbereich hält. Und dann sagt er, während er hämisch kichert: »Junge! Diese Bärenfalle wird zuschnappen und dann ist vorbei mit Vögeln!« Und man selbst ist dann selbstverständlich geschockt und jammert und zetert kläglich, so kläglich nämlich, dass der bärenbefallte Kobold kurz innehält und sagt: »Nun gut, ich gebe Dir noch eine Chance. Die Bärenfalle wird nicht zuschnappen, so Du mir sofort eine Droge empfiehlst!«

In so einer Situation also würde ich dann notgedrungen eine Droge empfehlen. Nämlich LSD. Hierbei sollte man aber wissen, dass LSD mit Sicherheit keine Partydroge ist. LSD als Partydroge zu benutzen ist wie auf eine Party zu gehen, um dort auf eine andere Party zu gehen, quasi eine völlig überflüssige Inception-Party. LSD ist eher ein Mittel zum Zweck, ein Problemlöser nicht mentaler, sondern rein pragmatischer Probleme. Beispiel dafür: Ein 1000-Teile-Puzzle, Motiv: ein Eisbär auf einer Eisscholle mitten im Ozean umgeben von Wasser, welches dieselbe Farbe hat, wie die Rückseite der Puzzleteile. Wenn man nun haptisch nicht so bewandert ist, die Unterschiede zwischen Vorder- und Rückseite zu erfühlen, dann steht man bei so einem Teil ganz schön auf dem Schlauch. Hier wäre dann LSD die Lösung: rein in den Kopf, Puzzle fertig. Denn: Man erkennt, dass das gewünschte Puzzlebild ja schon auf der Vorderseite der Verpackung abgebildet ist, wozu das Ganze also duplizieren. Auf LSD hat man jedenfalls mehr Spaß mit Puzzleteilen. Man kann sie rumwerfen und sie sehen wie kleine Sterne aus. Hätte man also mal ein Problem mittels LSD gelöst und man hätte hernach noch die Zeit gehabt, eine Geschichte zu schreiben, dann könnte dabei etwas wie das jetzt folgende rumkommen:

Die Sonne ist scheinend und das Wetter ist gut und auch wenn jeder in meinem Freundeskreis weiß, dass ich kein Regenbogen bin, laufe ich trotzdem sehr gebogen. Ich würde die Art meiner Fortbewegung nicht *bouncen* nennen, es ist noch viel relaxter und mehr seitwärts und wenn irgendwo einer in meiner Nähe ist, dann schüttle ich meine Jazzhands zur Begrüßung. Ein Smile in aller Leute Gesichter, welches ich breit reflektiere, ein Spiegel der guten Laune, wie ein Clown, der sich nicht schminken muss, natural born happy in this dark, dark world. Ja man, ich bin gut drauf, ein heißer Checker, das Telefon ausgeschaltet, wer mich erreichen will, rufe gen Silberstreifen am Horizont – Bitches tun das alle Nase lang.

Und dann durch die Gasse, in der Plakatschicht über Plakatschicht die Anwesenheit von kulturellem Leben in dieser Stadt bezeugt, schiebe ich mich durch die Schatten der Gemäuer und summe eine Melodie, die Lebensfreude verströmt, oder nervt, oder beides und dann wird der Weg versperrt von drei Personen. Sie tragen wie ich Kapuzenpullover und Jogging im Souterrain, doch scheinen sie freudlos und aggressiv …

Ich shake die Jazzhands zur Begrüßung, sie halten mir eine Waffe an den Kopf, wobei es keine Rolle spielt, ob es sich um eine Machete, einen Zahnstocher, eine Schrotflinte oder eine Atombombe handelt, eine Waffe ist eine Waffe und auf mich gerichtet mal so gar nicht chill.

»Dein Geld und dein Handy, du Opfa«, sagt der kleinste von ihnen und versucht hart zu wirken. »Wenn du mein

Telefon willst, dann greife nach dem Silberstreifen – und mein Geld ist die Liebe«, entgegne ich, öffne seinen Hosenstall und deute auf den herausbaumelnden Penis. Er wird nervös, die anderen zwei schauen verdutzt.

»Alter«, schnaubt der mit der Waffe.

»Hier sind zwanzig Mark, geht euch eine Pommes holen«, sage ich und werfe Liebe in die Runde, sehr viel Liebe, mehr als die Rabauken ertragen können. Ohnmächtig von zu viel Gefühl sacken sie auf dem Boden zusammen. Ich nehme ihnen Geld und iPhones ab und gehe weiter. Vom Geld kaufe ich Brot und werfe es in Welt, sie sagt danke, ich zwinkere ihr zu und raune: »Nice!«

Plötzlich sind überall heiße Chicks, so heiß, dass das Brot getoastet vom Himmel fällt. Irgendwie bin ich in der Stimmung, jetzt so richtig abzugehen, also starte ich durch. Ich breche in ein Auto ein und esse alle Kabel auf, total ökologisch, dann esse ich den Rest. Bis auf die Beifahrertür schaffe ich alles. Es ist sehr trefflich, dass ich jetzt Öl im Bauch habe und hot bin. Ich bin eine wandelnde Fritteuse und verdiene damit Geld. Wenn eine Taube vorbeikommt, schlucke ich sie, frittiere sie in mir, würge sie wieder hoch und verkaufe sie als frittiertes irgendwas. Alle haben Bock.

Auch meine Mutter. Sie springt aus dem Fenster in die Auffangmatte der Feuerwehr, die bereit steht. Wir spazieren ein Stück, Mama und ich, und sie erzählt mir, dass das Universum unendlich ist. Dann kauft sie mir ein Mini Milk in erdbeer. Ihre Haare haben, seit Mutter im Altersheim wohnt, die gleiche Farbe wie das Eis, also pink. Sie sagt, jetzt wo sie keine Verpflichtungen mehr hat, kann sie endlich einen auf Punk machen und zieht eine Line Speed.

Und dann ist da Jürgen von der Lippe und behauptet Verschiedenes. Nein wirklich! Er ist einfach da und behauptet. Verschiedenes. Da darf man gar nicht drüber nachdenken.

Er schleppt meine Mutter ab und schleckt ihr die Speed-Reste von der Lippe. Das ist alles passiert. In mir. Weil das Wetter so gut war.

8.

Ende in Futur II

»Hallöchen, hier spricht Engeline Berger von der Mayrischen Versicherungsgruppe. Bin ich da richtig bei Herrn Andreas Günter Strauß?«

So fragte es heute Morgen aus meinem Telefon heraus. Der Anruf kam sehr unpassend, denn ich hatte gerade davon geträumt, wie ich mich aus mir nicht näher bekannten Gründen in einem großen Bürogebäude befand und dabei war, eine adrett gekleidete Büroangestellte auf ihrem Schreibtisch von ihren textilen Anhängen zu befreien, während wir wild knutschen. Ihr BH lag bereits neben dem Schreibtisch, sie trug nur noch einen Rock und hohe Lederstiefel. In diesem Moment vermischten sich dann Traum und Realität, denn, den Kopf immer noch in der Phantasiewelt, klingelte das Telefon für mich auf dem Schreibtisch des Büros. Sowohl im Traum als auch in der Realität griff ich nach dem Telefonhörer und sagte: »Jo Frau Berger, klar bist du richtig. Wir sind in Raum 279, du kannst gerne rumkommen und mitspielen!«

Wahrscheinlich habe ich den Satz in der Realität ziemlich genuschelt, so, wie man halt spricht, wenn man eigentlich schläft. Ich vermute, es muss sich ungefähr so angehört haben: »Wäfebäbä, kabiddebidde. Wäsinne meh meh mehpile.«

Was Frau Berger dann in Wirklichkeit sagte, weiß ich nicht mehr, es war jedenfalls sehr wenig und dem Gesagten folgte, dass Frau Berger auflegte. Vermutlich hatte sie sich damit abgefunden, dass so früh morgens nichts mit mir anzufangen ist. In meinem Traum allerdings betrat sie kurz darauf das Büro. Sie sah nicht gut aus und hatte von Mode in ihrem Leben vermutlich so viel gehört wie Kim Jong-un von Trennkost. Ihre Strumpfhose war orange und aus Wolle, drüber trug sie ein Kleid, das aus braunen Menschenhaaren gewebt worden war. Eigentlich mag ich es, wenn Leute lächeln. Bei meiner geträumten Engeline Berger jedoch war es eher ein Fluch, denn der zum Lächeln geöffnete Mund erlaubte einen Blick auf ihre ungepflegten, schiefgestellten Zähne, die von ihrer wulstigen Zunge umspielt wurden und sie roch, als hätte ihr ein Rudel Hunde nach dem Genuss eines verfaulten Pferdes eine längere Zeitspanne über den Körper geleckt, kurz: Sie war das menschgewordene Braunau, denn sie war eine Frau, die einen Menschen wie Hitler hätte gebären können und sie war sexuell ausgehungert. »Hier bin ich«, lechzte sie und öffnete umständlich den rückseitigen Reißverschluss ihres Menschenhaarkleides. Nie war ich dem Paketboten dankbarer, mich durch penetrantes Sturmklingeln aus meinem Traum zu reißen wie an diesem Morgen. Noch bevor ich einen Blick auf ihre vermutlich verstörenden Brüste werfen musste, schreckte ich hoch, zog mir einen Schlüpfer über, öffnete die Tür und nahm das Päckchen entgegen. Das Paket war sehr groß, kam vom meiner Oma und enthielt bis auf einen kurzen Brief - nichts, außer etwas Staub. In altdeutscher Schrift hatte mein Großmütterchen folgendes geschrieben:

»Lieber Andreas Günter, oh Du mein Enkel! Wie Du siehst, habe ich Dir hier einen Karton geschickt. Er ist so schön eckig, das ist Dir sicher aufgefallen. Sehr schön eckig. Du weißt ja, wie ich eckige Dinge mag. Bitte fülle diesen Karton mit irgendwelchen Dingen und schicke ihn mir dann zurück, ich schicke ihn Dir dann wieder und so weiter. Jedes Mal schicke ich Dir dann ein bisschen mehr von deinem Opa, denn wie Du gesehen hast, ist auch dieses Mal schon ein bisschen von seiner Asche in dem Karton. Irgendwann habe ich dann einen ganzen Haufen Dinge von meinem Enkel und Du hast deinen gesamten, pulverisierten Großvater. Viele Küsse und einen Kniff in die Wange, Oma.«

Der Brief irritierte mich noch mehr als das Auftauchen einer Engeline Berger in meinem Traum. Zunächst suchte ich ein geeignetes Gefäß um das, was ich zunächst als Staub identifiziert hatte, was aber in Wirklichkeit ein Teil meines Vorfahren war, zu verstauen. Ich stellte mir die Frage, wo ich mich, wäre ich Asche, am Wohlsten fühlte, wurde mir aber nicht recht einig. Um dem natürlichen Bestreben der Sache gerecht zu werden, machte ich dann zweierlei. Ich teilte die Opa-Überreste in zwei gleichgroße Häufchen. Das erste Häufchen füllte ich in eine halbvolle Flasche Soja-Soße, die zwar schon seit sieben Jahren abgelaufen war, aber trotzdem noch famos schmeckte, denn genau dieser Umstand ließ mich vermuten, dass die Konservierungsstoffe dieses Produktes fantastisch funktionierten und wenn man als Asche etwas will, dann gut konserviert sein. Als zweites möchte man als Asche vermutlich gerne irgendwie weiterleben, weswegen ich mir aus dem zweiten Haufen eine dicke Linie legte, die ich dann schnupfte. Erst prickelte Opa in meiner Nase, dann fühlte ich mich alt. Plötzlich wurde mir meine Vergänglichkeit schmerzhaft bewusst.

Es war, als bereute ich tief in mir, all die Dinge noch nicht gemacht zu haben, die ich mir immer gewünscht, ja, von denen ich immer geträumt hatte. Wann wenn nicht jetzt, denn später ist vielleicht zu spät, sagte ich mir, verließ das Haus und fuhr zu einem Bürogebäude. Mit dem Fahrstuhl fuhr ich in den zweiten Stock und kurz darauf klopfte ich an die Tür von Raum 279.

»Herein«, bat eine Stimme von innen, doch war sie ganz sicher männlich. Ich machte auf dem Absatz kehrt.

In der Filiale einer internationalen Fastfood-Kette schnappte ich mir dann ein Portionstütchen Pfeffer. Mit diesem reizte ich meine Nase und nieste meinen Opa in ein Taschentuch, denn ich war zu einer grundlegenden Erkenntnis gekommen: Nicht die Träume, die man hat, sind wichtig, sondern die Menschen auf dem Weg dorthin. Jetzt sitze ich im Paket an meine Oma, welches bereits auf dem Postamt steht und wenn sie mich öffnet, werden wir uns freudig um den Hals fallen. Irgendwann werden wir eine gute Zeit zusammen gehabt haben.

9.

FrizziBuzzi

Der Friseur war einer, der definitiv von sich gesagt hätte, dass er ein Friseur und kein Hairstylist sei, obwohl er optisch einem Hairstylisten viel näher kam.

Als ich seinen Saloon betrat, roch es, wie es ohnehin in jedem Haarbearbeitungstempel riecht, schlimm und abweisend, nach abgeschnittenen Kopfteilen. Der Friseur stand, als ich den Laden betrat, gerade hinter einer Person, die auf einem Stuhl saß und in einen Umhang gewickelt war. Ich hasste beide auf Anhieb, Dienstleister und Kunden gleichermaßen. Aus den vielen Lautsprecherboxen dröhnte eine Musik, die ich, wenn ich sie im Auto höre, sehr gerne mag, in diesem Augenblick aber auch hasste. Generell hasste ich im ersten Moment des Betretens des Ladens alles: die Luft, die Spiegel, die Scheren, Uhren und alte Sandkastenliebschaften, ja sogar mich selbst. Am meisten an mir hasste ich meine Beine, die mich an diesen Ort getragen hatten. Hätte sich in diesem Moment die Schere in meiner statt in des Friseurs Hand befunden, ich hätte alles kurz und klein geschnitten, sogar die Zeitschriften auf dem Tisch, die teilweise ja ganz spannend sind und auch Bilder von Tieren zeigen.

Der Friseur schaute mich beim Betreten des Saloons direkt an, eine Glocke über der Tür hatte ihn auf meine Ankunft hingewiesen. Es fiel mir schwer, seinem Blick standzuhalten, denn ich fühlte mich in meiner Kleidung unwohl. Meine Jacke war rot, sicherlich keine Trendfarbe, und meine Schuhe hatten auch schon bessere Tage gesehen. Sehr freundlich wünschte der Friseur dann einen guten Tag und lächelte.

Ich lächelte zurück und winkte, anstatt etwas zu sagen und ich fühlte mich mehr als blöd, in einer solchen Situation gewinkt zu haben. Mein Hass auf meine Beine wich einem Hass auf meine rechte Hand, ihr Verhalten war mir unerklärlich. Wer in einer solchen Situation winkt, der kann auch einen Hitlergruß bei einer israelischen Neujahrsfeier machen, beides völlig inakzeptabel.

Der Friseur lächelte dann weiter in meine Richtung, er schien darauf zu warten, dass ich etwas sage. Der Kunde, eine Art metrosexueller Heavy Metal-Gitarrist, blickte nervös in den Spiegel.

»Geht das hier gleich mal weiter«, fragte er und seiner Stimme haftete etwas Ängstliches an, egal wie sehr er es zu unterdrücken versuchte.

»Ja, es geht sofort weiter«, erwiderte ich, wenn auch ungefragt. Dann ging ich auf den Friseur zu, hob ihn hoch und trug ihn aus dem Laden, wo ich ihn mit meinem Fahrradschloss am Pfahl eines Straßenschildes befestigte. Der Kunde beobachtete meine Vorgehensweise durch die gläserne Front des Saloons und ich schätze, dass er mehr Schweiß als gewöhnlich verlor.

Zurück im Laden erklärte ich dem Kunden, dass das hier so üblich sei. Ich erzählte ihm von einem Konzept, dass der Erlebnisgastronomie entlehnt sei und jeden Besuch zu etwas Unvergesslichem machen solle. Verständlicherweise glaubte er mir kein Wort, was ich persönlich nahm, doch auch verstand, da ich ja tatsächlich gelogen hatte.

»Papperlapapp«, entfuhr es mir und mit wenigen, flinken Bewegungen rasierte ich dem Metrometaller seine wallende, schwarze Mähne vom Kopf. Er begann, laut zu weinen. Zum Trost malte ich ihm mit einem braunen Edding die Playmobilmännchenfrisur auf die kahle Rübe. Hernach ging es mir besser. Man sagt ja immer, dass sich die innere Sehnsucht nach Veränderung häufig in einer neuen Frisur manifestiere und was man da so sagt, kann ich seit dem Erlebnis genau so unterschreiben. Mir wurde klar, dass ich etwas verändern musste.

Ich verließ also den Saloon, entkettete den Friseur und trug ihn durch die Fußgängerzone. Er war steif wie ein Brett, vermutlich hatte die Totenstarre bereits eingesetzt. Sein Hals war verfärbt, da an ihm das Fahrradschloss angebracht gewesen und sehr eng war.

Ein paar hundert Meter weiter setzte ich ihn auf einen Stuhl im Außenbereich eines Cafés, entzündete die Kerze auf dem Tisch und setzte mich ihm gegenüber. Der Friseur reagierte nicht auf die Obdachlose, die ihm eine Zeitung zum Kauf anbot, ignorierte die Kellnerin und auch die Taube, die später an ihm pickte, ließ ihn völlig kalt.

Von der Toilette des Cafés brachte ich ihm Toilettenpapier, um seinen Hals zu bedecken. Mit dem weißen Zeug um den Hals wirkte er so lächerlich, dass ich mich meiner Kleidung wegen nicht mehr schämte, sondern mich endlich als vollwertiges Mitglied der Gesellschaft fühlte.

Heute habe ich mein erstes Bewerbungsgespräch in einem Hairstudio. Aufgrund meines neuen Selbstbewusstseins und meiner praktischen Erfahrungen rechne ich mir große Chancen aus.

10.

Luft und Liebe, Hass und Helium

Dass Rolf supermuskulös war, kam nicht von ungefähr, denn Rolf war ein Bergsteiger, der von den Anden bis zur Zugspitze schon jeden Gipfel erstürmt hatte. Auch sein Bart lag in dieser luftigen wie auch schweißtreibenden Passion begründet, denn auf Bergen ist es kalt, unter einem Bart nicht. Wenn man einem Mann wie Rolf auf der Straße begegnet, dann kommt es sicher vor, dass man denkt *Heureka, was für ein Hüne* oder *Krasser Koloss* oder *derber Bär*. Genau so dachte ich auch, als er sich seitwärts durch die Tür meines Bumsspielzeugladens mit integriertem Erotikkino zwängte und mit seinem Körper das meiste Licht der roten Neonröhren zu schlucken schien.

Zunächst hatte ich ein wenig Angst vor Rolf, der sich mit kräftigem Handschlag vorstellte, dann aber führten wir ein entspanntes Gespräch, in dem ich von seinem Hang zu Hängen und er von meiner Passion fürs Poppen erfuhr. Rolf kaufte sich dann aus dem Angebot ein Stück aufblasbares Plastik von 1,60 Meter Höhe in der Form einer Frau für fünfzig Mark, blies es mit einem Atemzug vollständig auf, zahlte dann den Eintritt für das Kino und verschwand hinter dem schwarzen Vorhang. An besagtem Tag herrschte der für einen Dienstag normale, maue Betrieb, sodass Rolf und Lucy Loorma, wie das Stück Plastik hieß, völlig alleine im Kinosaal waren; und da auch der Verkaufsraum frei war, nutzte ich die Gelegenheit, um mir einen Holundertee zu kochen, ihn für totale Hippieyuppiekacke zu erklären und ihn dann in den Ausguss zu schütten. Anschließend befreite ich mehrere Quadratzentimeter des Verkaufstresens vom Staub der Jahrzehnte, bis das dafür benutzte Taschentuch farblich einer mondlosen Nacht glich und ich es in den Mülleimer warf. Danach leckte ich den Staub von den Warenumverpackungen der Dildos und Vibratoren und sortierte die DVDs nach dem Durchschnittsalter der Darstellerinnen. Ich hielt kurz inne, als mir urplötzlich ein trefflicher Bandname für eine Grindcore Band einfiel, den ich aber verwarf, als mir gewahr wurde, dass es sich bei dem Namen nur um den Titel des von mir gerade ergriffenen Filmes handelte. Ich stellte *Spooky grandmother's last chance to get pussy filled by African soccer team* an das Ende der von mir erdachten Sortierung, als dem Filmvorführungssaal ein immenser Rumms entfuhr. »Oh je«, dachte ich, *»ein Rumms ist nicht gut.«* Denn Rummse sind nie gut, siehe: Kabul, Twin Towers, Kölner Stadtmuseum, John F. Kennedy, Donald Rummsfeld, Lady Die, dicke Menschen auf zerbrechlichen Stühlen und Beate Uhse.

Hernach ging mir auf, dass ja Rolf mit seiner Plastikfrau im Kino saß und dass, wenn Rolf eben jene ihrem Zweck entsprechend nutzen würde, diese das sicherlich nicht lange mitmachen würde. Es ängstigte mich ein bisschen die anstehende Diskussion, in welcher der riesenhafte Rolf sein Geld zurück fordern würde, weswegen ich die fünfzig Mark schon aus der Kasse nahm, bevor ich in den Kinosaal trat, um den Schaden zu begutachten.

Was sich meinen Augen jedoch darbot, war ungewöhnlich, denn es war etwas gänzlich Gegenläufiges eingetreten. Lucy Loorma war noch ganz, saß aber auf den Resten des explodierten Rolfes, schaute in Richtung Leinwand und rieb mit ihrer fingerlosen Hand ihre aufgedruckte Klitoris. Als sie bemerkte, dass ich im Raum war, drehte sie sich zu mir um und kicherte ein sehr liebevolles, wenn auch übermäßig hart böses, gleichzeitig entzückend verschreckendes Kichern der Leidenschaft.

»Die Qualität dieses Mannes war nicht besonders hoch«, maunzte sie mürrisch, sprang auf und kam auf mich zu. Es machte mir ein bisschen Angst, doch hatte ich in meinem Leben schon zu oft Lindenstraße gesehen, um mich noch wirklich vor Dingen fürchten zu können. Als sie dann ganz nah vor mir stand, konnte ich ein Funkeln in ihren Augen nur erahnen, denn wirklich da war es nicht. Sie fasste mir mit ihrer Linken an die Schulter und mit der Rechten in den Schritt, worauf ich umgehend einen halben Meter zurückwich. »Bitte hilf mir! Ich bin ausschließlich geboren, um gebumst zu werden. Wenn du mir das nicht gibst, ist mein Dasein ohne Sinn«, flehte sie verzweifelt mit einer Stimme, die der von Charlotte Roche nicht gerade unähnlich war. Ehe ich antworten konnte, war sie schon wieder zu mir aufgerückt und drückte ihren Korpus gegen mich. Kurz fühlte ich mich an eine Szene meiner Kindheit erinnert: Ein Freund und ich waren mit dem Fahrrad an einen

Badesee gefahren. Wir waren knappe vierzehn Jahre alt und die zurückgelegte Strecke von etwa zehn Kilometern kam uns unserer Größe entsprechend lang vor. Am See hielten wir uns damals nie lange damit auf, auf der Wiese zu liegen, sondern sprangen meist direkt ins Wasser, ganz so, als wäre nicht die Luft unser eigentliches Element, sondern eben jenes Nass, was das Leben auf diesem Planeten eben erst ermöglicht hat. An diesem Tag aber hatten wir eine vom Großvater geborgte und übermäßig breite Luftmatratze dabei, die es zunächst aufzupusten galt. Nachdem das getan war, musste ich sie mit beiden Händen vor mir her in Richtung Wasser tragen, wobei sie an meinem damals noch sehr unerfahrenen Penis eine angenehme Reibung verursachte, die mir auf der kurzen Strecke den ersten Samenerguss meines Lebens bescherte. Eben jenes Gefühl verschaffte mir in diesem Moment auch Lucy Loorma. Die Haptik und der Geruch waren sich in einem Maße ähnlich, dass mir ganz bange wurde, hinzu kam ein Hauch Melancholie wegen der Jugenderinnerungen. Ich stieß das fremdartig beseelte Wesen erneut von mir, worauf es das Gleichgewicht verlor, nach kurzem Taumeln in einem verschmierten Kinosessel zum Sitzen kam und dann höhnisch in meine Richtung schaute.

Anscheinend erriet sie meine Gedanken, die darum kreisten, dem Spuk mit einem spitzen Gegenstand ein Ende zu bereiten, ihr quasi den Wind aus den Segeln zu nehmen, weshalb sie, – oder sollte ich *es* sagen? – sich wieder flehentlich an mich wendete: »Bitte«, jammerte sie, »so behalte mich doch! Ich bin wenig kompliziert und lebe ausschließlich von Luft und Liebe. Wie kann ich dein Leben schon negativ beeinflussen? Ich werde schweigsam sein und artig.«

Ich dachte über Rolf nach und darüber, dass dieser unter ihren tödlichen Schenkeln ein jähes Ende gefunden hatte. Teile von ihm waren immerhin bis an die Decke geflogen, ein Arm lag unmittelbar vor der Leinwand und ein anderer am entgegengesetzten Ende des Raumes. War das nicht eine Macht, mit der zu spielen gefährlich sein würde? Aber war nicht auch ihre Berührung so wunderschön und unschuldig? Rolf war immerhin ein supermuskulöser Bergsteiger gewesen, wie sollte ausgerechnet ich, der im direkten Vergleich dazu einen Hänfling darstellte, mit einer solchen sexuellen Macht umgehen?

Und wieder schien Lucy meiner Gedanken gewahr geworden zu sein. »Du machst dir Sorgen wegen des explodierten Mannes, ist es nicht so?«, hauchte sie besänftigend und ich nickte ihr bejahend zu. »Mach dir deswegen keine Sorgen! Das Problem des Mannes war der Umfang seiner Muskeln, die auf unnatürliche Art und viel zu schnell großgewachsen waren. Seine Haut hatte nie Zeit, sich darauf einzustellen und stand ständig unter Spannung. Man hätte ihn gar nicht vögeln müssen, ein sich auf seine Schulter setzender Vogel hätte ausgereicht, um die Explosion auszulösen. Vertraue mir und nimm mich. Nimm mich und nimm mich, wie ich bin.«

Was sie sagte, leuchtete mir ein, also nahm ich sie und fortan sehr häufig und zudem, wie sie war. Von ihr kam auch der Gedanke, Rolf kiloweise zu verkaufen, was uns eine gute Stange Geld einbrachte. Irgendwann, unser erstes Treffen lag zu diesem Zeitpunkt bereits mehrere Monate zurück und unser gemeinsames Leben hatte sich vernünftig eingependelt, erwischte ich sie dabei, wie sie an einem geschäftigen Samstagabend im Kino saß und nach und nach alle anwesenden Männer bestieg. Anscheinend reichte ich ihr mittlerweile nicht mehr. Eine schwarze Wolke legte sich fortan über unsere Beziehung. Wir redeten nur noch das Nötigste, sie verbrachte immer mehr Zeit im Kinosaal und ich kam häufig nicht mehr nach, ihr entwichene Luft nachzupusten, weshalb sie häufig tiefe Falten warf und ihr sonst so selbstsicheres Schreiten nur mehr einem kraftlosen Schleichen glich.

Mein Leben wurde zu einer einzigen Qual und mit jedem Tag, der verstrich, verlor ich eine gute Portion Lebensmut. Mir war klar, dass es eine Entscheidung zwischen *mir* oder *ihr* war, und da auch mich der Wille eines jeden Lebewesens anspornt, nicht das *Lebe* vom *Wesen* zu trennen, sinnierte ich nur mehr über das *Wie* ich sie loswerden könnte. Unsere Beziehung war zu lange zu intim gewesen, als dass ich einfach ihre Polyethylenhaut hätte perforieren oder ihr die restliche Luft hätte ablassen können.

Die Flasche mit dem Helium hatte ich dann im Internet bestellt und Lucy zu einem Ausflug ins Grüne überredet, selbstverständlich nicht, ohne die Annehmlichkeiten des Geschlechtsaktes unter freiem Himmel anzupreisen. Im Wald dann liebte ich sie ein letztes Mal, wobei ich ihr beiläufig das Ventil am Rücken öffnete. Zu meinem Glück war sie zu sehr ins Liebesspiel vertieft, um davon Notiz zu nehmen. Als sie leer war, ließ ich von ihr ab. Kraftlos wollte sie etwas sagen, doch wollte ihr in diesem Zustand das Formulieren einfach nicht gelingen. Auf ihrem Gesicht lag die Angst eines schutzlosen Wesens und fast hätte mich Mitleid von der Ausführung meines Planes abgehalten, doch blieb ich hart.

Als sie dann prall von Helium war, wirkte sie beschwingt, ganz so, als hätte sie eine Flasche Prosecco getrunken. Kurz noch hielt ich ihre Hand, und sie schrie nicht, als sie danach davon flog.

Dass sie nun im Himmel sein würde, dachte ich so lange, bis ich eines Tages einen Umschlag in meinem Briefkasten fand. Er trug keinen Absender, war aber in einem fernen Land gestempelt worden. Im Umschlag befand sich ein Foto, welches Lucy neben zwei Gummibäumen abbildete und auf der Rückseite stand: »Ich habe meine Eltern und damit meinen inneren Frieden gefunden. Danke für alles, Lucy Loorma.«

Jetzt sitze ich im Grünen vor der Luftmatratze, die ich von meinem Großvater geerbt habe und schreibe in großen Lettern »Komm zurück!« darauf. Gleich werde ich sie mit Helium füllen und was mir dann als Einziges bleiben wird, ist die Hoffnung. Denn nur, weil Liebe zur Routine wird, bedeutet das noch lange nicht, dass sie deshalb keine Liebe mehr ist.

11.

Zweihöckerleopard

Wenn ich früher auf meinem Kamel Wiegald durch die Stadt geritten bin, dann war das öffentliche Interesse meist groß. Einzelne Personen, Paare und oft auch ganze Familien oder Junggesellenabschiede blieben stehen, um entweder blöd zu gucken, heimlich zu tuscheln oder frenetisch auf uns zuzurennen und zu fragen, ob sie Wiegald mal streicheln könnten.

Wenn sie fragten, verneinte ich stets, immer mit dem Hinweis, dass das Kamel gerne mal fremden Leuten mitten ins Gesicht beiße, weil es sich nicht gern von den fettigen Fingern fieser Fremder befummeln lasse. Wenn sich dann doch mal jemand traute, meist ein Betrunkener vom Junggesellenabschied, dann biss Wiegald …

… leider nie, sondern genoss die Streicheleinheiten zu meinem Unbehagen sehr. Mir ist dieses Interesse an Wiegald nie recht gewesen, denn ich selbst bin doch eigentlich auch sehr schön. Nie hat mal jemand gefragt, ob er vielleicht mich mal streicheln könne, immer nur Wiegald links und Wiegald rechts.

Warum ich überhaupt mit dem Kamel reite, wenn es mir doch so wenig gefällt, dass sich dann alle nur für das Tier und nicht für mich interessieren, ist natürlich eine Frage, die sich aufdrängt. Das Tier hatte mein Vater bei einem Preisausschreiben seiner Lieblingszigarettenmarke gewonnen als ich fünfzehn war. Da wir keinen Stall hatten und das Ordnungsamt uns verbot, das Tier einfach in den Garten zu stellen, wohnte es vier Jahre lang mit mir in einem Zimmer.

Dann starb mein Vater an Lungenkrebs und ich erbte Wiegald, den ich seither als Transportmittel nutze. Es ist praktischer als der Rest, denn ein Führerschein ist mir zu teuer, ein Auto sowieso. Zum Fahrradfahren bin ich zwar theoretisch nicht zu dumm, aber da ich nur ein Ohr habe, kann ich das Gleichgewicht nicht halten. Zum Laufen bin ich zu faul, außerdem will ich nicht schon mit dreiundzwanzig meine Füße mit Hornhaut ruinieren, immerhin sind meine Füße meine erogensten Zonen und häufig lasse ich mich dort von Wiegald mit seiner angenehm rauen Zunge lecken. Zur Belohnung gebe ich ihm danach immer eine 1a Höckermassage mit einer Klobrille, an deren Innenseite ich mit Heißkleber angenehme Noppen angebracht habe. Dabei ziehe ich die Klobrille abwechselnd über beide Höcker, bis Wiegald vor Freude muht und der Boden unter ihm nass wird. Ich muss gestehen, dass Wiegald und ich ein phantastisches Team sind – wie Romeo und sein Zwillingsbruder Romeo II.

Das einzige, was bislang störte, waren die Schaulustigen, die unseren Weg immer dann säumten, wenn wir uns einem Ausritt hingaben. Seit wenigen Tagen aber haben wir auch das im Griff. Die Idee kam mir, als ich die Halbzeitshow des Superbowls anschaute und mehrere Cheerleader im Papppanzerkostüm auf die Bühne rannten, um an ihre *Jungs in Afghanistan* zu erinnern. Plötzlich wurde es ernst im Stadion, dann standen alle auf, legten ihre rechte Hand auf die Brust und sangen die Nationalhymne.

Für Wiegald baute ich also auch ein Pappkostüm in der Originalgröße eines Leopard 2-Panzers, wobei mir die Kinder der siebten Klasse des Adalbert-Steiner-Gymnasiums halfen. Sie rührten fleißig Kleister an und färbten Zeitungspapier grün, weil ich ihnen versprach, dann auch einmal auf Wiegald reiten zu dürfen – als sie fertig waren, jagte ich sie vom Hof. Da ich jetzt einen Panzer habe, leisteten sie keinen Widerstand.

Wenn ich jetzt mit Wiegald durch die Stadt fahre, dann halten die Leute zwar nicht an, um die Nationalhymne zu singen, aber sie fragen auch nicht, ob sie mal meinen Panzer streicheln dürfen.

12.

Bernhard im Bällebad

Die Prinzipien des Kunstmarktes waren für mich immer schleierhaft und niemand konnte sie mir erklären. Erleuchtet wurde ich dann von Bernhard und er selbst ist der Letzte, der weiß, dass er es getan hat.

Bernhard und ich waren früher immer ganz gute Freunde gewesen und sind durch dick und dünn gegangen. Bernhard eher durch dick, ich eher durch dünn – denn wenn man es genau nimmt, passte ich damals mit meinen etwa fünfzig Kilo mindestens dreimal in seinen massigen Körper. Und obwohl wir so verschieden waren, passten wir irgendwie ziemlich gut zusammen. Einige Leute machten sich den Spaß und nannten uns im Vorbeigehen *Dick und Doof*, weil wir durch unsere Anzüge und Hüte wahrscheinlich tatsächlich eine frappierende Ähnlichkeit mit Stan und Oliver hatten, nur hatten wir nicht so viel Humor. Das soll nicht bedeuten, dass wir gar keinen Humor hatten, wir konnten immer herzlich über stolpernde Kinder lachen oder über gute Karikaturen, aber uns *Dick und Doof* zu nennen, ging uns einfach ein bisschen zu weit. Der Vorteil war dann immer, dass ich durch meine langen Beine sehr schnell war und Bernhard sehr kräftig, so konnte ich die Scherzbolde leicht einholen und festhalten, bis dann Bernhard ankam und sie überrollte. Wie genau Bernhard das immer machte, ist mir im Nachhinein schleierhaft, aber er schaffte es tatsächlich, sich so schwer zu machen, dass ein Spaßvogel nach dem Überrollen etwa so flach war wie ein Songtext von Michael Wendler. Und das ist sehr flach. Verdammt flach. Es gibt kaum Metaphern für etwas Flacheres, wenn sie nicht die Worte *Witz* und *Mario Barth* enthalten sollen, ein Papierfetzen ist ein Hochhaus dagegen. Die Überrollten hängten wir dann meistens an einer Wäscheleine auf bis sie trocken waren, dann bearbeiteten wir sie mit Kunstharz und verkauften sie mit mäßigem Erfolg auf dem Wochenmarkt in Wattenscheid als Bettvorleger für Individualisten. Ein Bettvorleger brachte etwa neunzig Mark, was damals noch für einen schönen Abend plus Trinkgeld reichte. Eines Tages aber sollte sich unsere Freundschaft verlaufen. Es war ein Mittwochvormittag und ich war mit Bernhard im Bällebad, beziehungsweise: Bernhard saß im Bällebad, ich saß auf Bernhard und die Bälle waren entweder neben dem Bad oder zu bunten Scheiben gepresst. Die Umstände, die uns im Wesentlichen in das Bällebad getrieben haben, weiß ich heute nicht mehr, ich kann mich aber daran erinnern, dass es etwas mit einem Film zu tun hatte, in dem sich eine sehr alte Hippiefrau kurz vor ihrem Selbstmord eine Affäre mit einem Teenager, der ständig seinen Selbstmord vortäuscht und sich gerne Schrottpressen anguckt, eingeht. Die Moral von der Geschichte war dann, dass man jeden Tag etwas Neues ausprobieren sollte, was irgendwie weit hergeholt ist, aber okay. Ich habe das Drehbuch nicht geschrieben, aber die Message war so stumpf, dass wir selbst damit begannen, jeden Tag etwas Neues zu probieren und an diesem Tag war es nun mal das Bällebad. Wir saßen also in dieser Konstellation im Bällebad, als plötzlich eine Frau zu uns trat und dort panisch nach ihrem Sohn suchte. Der Junge tauchte leider nicht wieder auf, weswegen die Frau zum Trost einfach Bernhard mitnahm, der darüber ziemlich glücklich schien. Gerade als sie aus dem Möbelgeschäft verschwanden, sah ich noch ein sehr plattes Kind von Bernhards Hintern fortwehen. Ich sammelte es auf, trocknete es, bearbeitete es mit Kunstharz und verkaufte es auf dem Wattenscheider Wochenmarkt aufgrund der kleineren Größe für siebzig statt neunzig Mark. Von dem Geld machte ich mir einen schönen Abend und hatte am nächsten Morgen noch genügend übrig, um mir eine große Tüte Fruchtgummis zu kaufen. Es waren gute, englische Fruchtgummis, die, nur Gott weiß warum, in Holland produziert wurden. Ich setzte mich auf eine Bank im Park und aß nur die roten, die anderen warf ich auf den Boden. Während sich verschiedene Vögel um die Süßigkeiten stritten und an ihnen erstickten, dachte ich darüber nach, ob meine Freundschaft mit Bernhard jetzt wohl vorbei sei, wo er doch jetzt endlich eine Frau gefunden hatte. Und tatsächlich sah ich meinen Freund dann nie wieder, bis ich vor einer Woche plötzlich an ihn denken musste. Der Gedanke an ihn kam mir, als ich gerade meinen Kater Moped mit den üblichen Essensresten füttern wollte. Ich hatte frischen Fisch vom Markt filetiert und legte die Fischhäute und das Fischfett in Mopeds Fressnapf, als mich der üble Mundgeruch des nach Nahrung gierenden Wirbeltiers plötzlich an Bernhard erinnerte. Umgehend fasste ich den Entschluss, den dicken Mann zu besuchen. Seine Adresse fand ich auf den Briefen, die er mir in all den Jahren geschickt hatte und die zu öffnen ich mich nicht getraut hatte. Bersenallee 17, mitten im schönsten Viertel der Stadt. Ich rief mir ein Taxi und ließ mich transportieren. Der Weg führe vorbei an weiten Feldern, tiefen Seen und durch dichte Wälder, trotzdem kostete die Fahrt nur wenige Euros. Am Haus angekommen, staunte ich nicht schlecht. Es war eine fantastische Villa mit mehreren Tennisplätzen und Pools, die den Zufahrtsweg zum Haus säumten und auf etlichen Spielplätzen tummelten sich dicke Kinder, die Bernhard wie aus dem Gesicht geschnitten schienen.

Ich klingelte an der Tür und die Frau, die ich bisher nur einmal in meinem Leben gesehen hatte, öffnete schneller als mir lieb war, denn ich war gerade noch dabei, meine Hose, die gerade in meinen Hintern biss, ordentlich zu richten. Sie trug schwarz und sagte, dass ich wenige Wochen zu spät gekommen sei. Dann sank sie zu meinen Füßen nieder und weinte bitterlich, wobei ich hoffte, dass ihre Tränen vielleicht mein Schuhwerk reinigen würden. Wir verweilten so eine Weile, dann griff ich in meiner Tasche nach einer Tüte Fruchtgummis und warf ihr ein paar davon hin. Einige ihrer Kinder wurden davon angelockt und stritten sich um die auf die Erde niedergefahrenen Süßigkeiten, ihre Köpfe stießen dabei aneinander, doch wollte mich dies nicht recht erheitern. Viel lieber wollte ich einfach nur weg, weswegen ich meine Stimme erhob und sagte: »Sie Perle, die Sie sich da vor mir im Staube suhlt! Mache Sie kehrt und entferne Sie sich in Ihr Haus, sodass ich in aller Ruhe meine Heimreise antreten kann, ohne Sie umtreten zu müssen!«

Sie stand auf und wirkte, als sei sie um mehrere Jahre gealtert. Bevor ich nun kehrt machen konnte, wies sie mich an, in ihrem Rolls Royce Platz zu nehmen, was ich umgehend tat. Im Luxuswagen wartete ich fünf Minuten auf dem Rücksitz, bis sich ein älterer Mann auf den Fahrersitz setzte und sich mir mit britisch-snobistischem Akzent als Mister Morten vorstellte. Als ich ihm sagte, dass er mich heimbringen solle, antwortete er, dass er einen anderen Auftrag habe. Nun fuhren wir viele Stunden über Autobahnen, aus dem Radio lief *Sunshine, Lollipops and Rainbows* in einer Endlosschleife und ich döste vor mich hin, bis wir die Autobahn verließen und in eine mir unbekannte Stadt einfuhren. Mister Morten verkündete unser baldiges Eintreffen am Zielort und ich bemerkte, dass ich vom vor mich hin dösen eine pralle Erektion bekommen hatte, die ich aber schnell wieder loswurde. Unser Ziel war eine große Ausstellungshalle. Morten gab mir das Geld für den Eintritt und führte mich da hin, wo ich letzten Endes ankommen sollte – nämlich direkt zu Bernhard.

Bernhard sah verändert aus und bestand aus vielen, verschiedenen Teilen. Er war in einer Art Kunstharz eingelegt und in Scheiben geschnitten worden. Wenn man genau hinsah, konnte man erkennen, dass im Fleisch seines Rückens etwa vier Kinder eingequetscht waren, die ihm alle ähnlich sahen. »Er wollte ihnen ein Baumhaus bauen und ist gestürzt«, sagte Morten. Und dann fügte er hinzu, dass die Körperweltenleute eine beachtliche Summe für diesen grotesken Körper bezahlt hatten, sogar mehr als hunderttausend Euros. In diesem Moment wurden mir schlagartig die Prinzipien des Kunstmarktes klar und ich begann mich zu ärgern, dass wir, die wir diese Idee schon viel früher hatten, jetzt nicht überrollte Menschen in einer riesigen Kunsthalle ausstellen konnten.

13.

Wie ich den Teufel reinlegte

Als ich mich neulich im Spiegel betrachtete und fand, dass ich im Bauch- und Hüftbereich verändert aussah, erschlich mich ein gar übles Gefühl, welches kurz darauf von einem Test aus der Apotheke bestätigt wurde: »Fuck, ich bin schwanger.«

Um sicher zu gehen, besorgte ich drei weitere Tests von verschiedenen Herstellern. Auch bei den anderen beiden klassischen Tests erschien jeweils der Kontroll- und der Schwangerschaftsstrich, nachdem ich sie vollgepisst hatte und der dritte, mehrfachbenutzbare Digitaltest zeigte ein dickes Baby im 8Bit-Flüssigkristallbildschirm. Der Digitaltest hat zwei Tasten und fragte mich dann mit einer sanften Frauenstimme, ob ich den Vater kenne. Als ich auf »NEIN« klickte, streckte mir das digitale Baby die Zunge raus und es ertönte das Zonk-Geräusch. Dann bat mir der Test an, per WLAN meinen neuen Status bei facebook zu posten und bei Google nach dem Vater zu suchen.

Wenn mir im Alltag ein Baby Vorschläge machte, dann würde ich diese garantiert nicht beachten, denn Babys sind in erster Linie mal einfach nur unglaublich dumm. Und genauso halte ich es auch mit Babys im Tamagotchi-Format, nur mit dem Vorteil, dass ich diese, im Gegensatz zu echten Babys, einfach straffrei an die Wand werfen kann. Ich hatte ohnehin vor, irgendwas an die Wand zu werfen, denn schließlich war ich plötzlich schwanger und da muss man unkontrolliert irgendwelche Dinge machen, das ist als Schwangere, neben dem Essen, eine deiner Hauptaufgaben.

Den Schwangerschaftstest an die Wand zu werfen war eine gute Idee mit allerdings zwei schlechten Resultaten.

Erstens schaffte es der Test noch, allen meinen facebook-, icq-, Xing- und E-Mail-Kontakten eine Nachricht mit dem Inhalt »Freunde, ich habe mich von einem Unbekannten schwängern lassen« zu schicken und zweitens kletterte plötzlich aus den am Boden liegenden Trümmern des Tests das kleine Pixelbaby hervor.

»Du hast meinen Käfig zerstört«, piepste es und grinste, »jetzt bist du meine Mama!«

Während es das sagte, hüpfte es über die Fussel meines selten gesaugten Teppichbodens, pixelte von links nach rechts und summte die Titelmelodie des Game Boy-Klassikers *Mystical Quest*.

Mir hatte für den Tag schon gereicht, dass ich bald Mutter werden sollte, jetzt noch so einen kleinen Bastard beim digitieren zu unterstützen, war ein Job zu viel.

Ich griff mir also an die linke Titte, sprich: ich fasste mir ein Herz und trat mit voller Wucht mit meinem Hauspantoffel auf das kleine Viech. Anstatt aber als Game Over-Schriftzug auf meinem Teppich zu verenden, verflüssigte sich das Geschöpf wie dieses Terminatordings, floss den Schrank hoch und sublimierte wieder neben dem gerahmten Bild von Johnny Depp. »Scheiß Flüssigkristall«, dachte ich, während das Baby seine Bildpunkte neu sortierte. Es machte einen zufriedenen Eindruck, was mich dazu veranlasste, es gar nicht so schlimm zu finden, denn ein Kind, das zufrieden ist, wenn man drauftritt, war genau das Richtige für mich. Wir unterhielten uns dann eine Weile und weil wir feststellten, dass wir im Grunde ähnliche Hobbies hatten, akzeptierte ich das Ding als mein Kind und das Kind akzeptierte meine Regeln. Um auf Nummer sicher zu gehen, hielten wir alles vertraglich fest: Das Kind durfte sich frei in meiner Wohnung bewegen, mit den Zahlen im Taschenrechner spielen und sich monatlich bei eBay Game Boy-Spiele für insgesamt dreißig Euros aussuchen. Als Gegenleistung würde es nicht rumpiepen, wenn ich *Frauenknast* und *Dr. House* gucke oder Herrenbesuch habe. Als zusätzliche Belohnung vereinbarten wir noch drei tägliche Schläge mit dem Pantoffel.

Eine ganze Weile ging das so gut, doch meine Schwangerschaft machte mich unglaublich horny und so hatte ich immer mehr Herrenbesuch, fast täglich. Mein Vorgehen bei Herrenbesuchen ist immer gleich und auch der Grund, warum ich den Vater nicht kenne. Ich gehe vormittags in die Stadt und spreche so lange Männer an, bis sich einer für den späten Nachmittag von mir zum Essen einladen lässt. Beim Essen serviere ich dem Mann dann eine gute Portion und mische alle mir bekannten Aphrodisiaka und günstiges Internet-Viagra in die Speise. Zum Schluss trinke ich K.o.-Tropfen, nachdem ich dem Mann einen Glückskeks serviert habe, auf dessen Zettel immer steht: »Nimm mich, ich bin bewusstlos.«

Es ist nämlich so, dass ich es toll finde, Sex gehabt zu haben, aber den eigentlichen Akt nicht mitbekommen will. Das klingt merkwürdig, aber ich mache es, weil an meinen ersten Liebhaber keiner mehr rankommt, sein Name war Andy Strauß. Ich hatte danach Sex mit allerhand Typen, aber das gab alles nicht viel her.

Mein Pixelbaby jedenfalls störte es, dass es jetzt andauernd still sein sollte und eines Morgens mischte es sich unter meinen Kaffee. Nachdem ich es getrunken hatte, war es plötzlich als bewegliche Tätowierung unter meiner Haut und entstellte, wenn ich Männer anbaggerte, mein Gesicht, indem es so tat, als wäre es ein Bart. Für die meisten Männer war es sehr reizvoll, mal mit einer Schwangeren zu schlafen, aber von einer Dame mit Bart wollten sie alle nichts wissen. Ich schmiedete also einen Plan, um es wieder loszuwerden. Zuerst rief ich bei der Auskunft an und ließ mich mit dem Teufel verbinden, dem ich sagte, dass ich einen Deal für ihn in petto habe. Acht Sekunden später tauchte dann aus einer Schwefelwolke Wolfgang Schäuble in meiner Wohnung auf.

»Scheiße, du bist der Teufel«, sagte ich und tat so, als wäre ich überrascht.

»Ja mei, nur a Vertretung«, bayern-slangte Wolfgang und rollte auf mich zu. Dann machten wir das Geschäftliche. Ich tauschte mein Erstgeborenes gegen einen geräumigen Volvo mit Dieselmotor, grüner Umweltplakette und einem immer vollen Tank. Wolfgang freute sich über den Deal und legte seinen Kopf auf meinen Bauch. Wann es denn so weit wäre, wollte er wissen, als mein Pixelbaby von einer geheimnisvollen Macht aus meiner Haut gerissen und in Schäubles Bein geknüppelt kam. »Grrr«, sagte er und verschwand in einer schwarzen Wolke.

Jetzt sitz ich hier, hochschwanger, und freue mich auf ein echtes Baby. Wer der Vater ist, ist prinzipiell egal, denn ich habe einen Schweden gefunden, den ich wirklich liebe und der mein Auto wirklich liebt. Wir fahren viel mit dem Volvo durch die Gegend, angeln in Fjorden und interessieren uns nicht für Wirtschaftspolitik.

14.

Wie Herr R. plötzlich anders wählte

Als neulich ein Ball in unseren Vorgarten flog und zwei wunderschöne Maiglöckchen überrollte, da veränderte sich mein Blutdruck nicht. Ich sah es durch das Fenster und freute mich mehr, als dass ich mich ärgerte, denn es gab tatsächlich noch Kinder, die mit einem echten Ball spielten, statt einen virtuellen über ihr iPhone zu rollen. Die meisten von ihnen brauchen ja Smartphones, weil sie eben selbst nicht besonders pfiffig sind, aber diese konnten tatsächlich noch einen handelsüblichen Ball bedienen, das fand ich gut. Carmen allerdings bedeuteten die Blumen mehr als mir. Zornig sprang sie vom Sofa auf ihre orangenhäutigen Beine, hastete zum Fenster und brüllte hinaus:

»Bwaa wa! Bwhaha wa ha wha!«

»Alles gut bei dir?«, fragte ich, denn so hatte ich sie noch nie gehört. Sie klang wie eine Lehrerin bei den Peanuts und wirkte plötzlich sehr alt.

»Bwa bwa bwoar«, antwortete sie, woraufhin ich meine Brieftasche öffnete, eine Briefmarke mit dem Konterfei von Udo Lindenberg herauskramte und ihr diese in die Hand drückte. Dann ging ich in den Vorgarten. Die Kinder waren anscheinend von Carmen verjagt worden, aber der Ball war noch da. Ich richtete die Maiglöckchen wieder auf und nahm den Ball in die Hand, er war wunderschön rund. Carmen sah mir durch das Fenster zu, wie ich den Ball unter mein Hemd steckte und langsam begann, ihn zu streicheln, dann entschwand ich ihrem Blickfeld und lief die Straße ein Stück runter. Bei einem Fachgeschäft für Teppiche kaufte ich eine Fransenbürste, zudem benutzte ich die Toilette. Natürlich machte ich daneben, aber da es nicht mein Klo war, machte es mir auch nichts aus. Auch zu diesem Zeitpunkt war mein Blutdruck noch normal. Ich hatte einen Ball unter meinem Hemd, eine Fransenbürste in der Hand und die Blase frisch geleert, de facto ging es mir richtig gut. Mein Blutdruck stieg erst an, als ich aus dem Teppichladen kam und eine unumsichtige Frau in mich hineinrannte. Sie prallte am Ball ab und flog einige Meter zurück; als sie aufschlug, hörte ich, wie wohl etwas in ihrem Körper zerbrach. »Sie sind einfach so in mich hineingerannt«, rief ich und richtete drohend meinen Finger in ihre Richtung. Sie indes jammerte, dass etwas mit ihrer Hüfte nicht in Ordnung sei und dass ja wohl ich derjenige wäre, der hier in irgendwen hineingerannt sei. Ich war mir nicht sicher, ob sie nun recht hatte oder nicht, aber sie sah aus wie ein Häufchen Elend und schuldig, wie ich mich fühlte, stieg mein Blutdruck. Der Arzt hat gesagt, dass ich das vermeiden soll, Blutdruck, mein Herz sei krank und komme da nicht so recht drauf klar. Ich habe dem Arzt dann gesagt, dass er ein oller Quacksalber sei und ich mich als Installateur viel besser mit Herz auskenne als er, ist ja im Endeffekt auch nur eine Pumpe. Dann hat der Arzt mich mit dem Reflexhammer gehauen und ich bin sauer geworden, mein Blutdruck stieg und ich fiel um.

»Da sehnse«, hat er gesagt. »Fallense einfach um, wenn ich Sie ärgere!«

Da wusste ich, dass er recht hat und nun vermeide ich Blutdruck. Aber dann rannte die Omma in mich rein, bestimmt mit mehreren km/h's und dann Blutdruck und ich *bäm* direkt daneben gefallen. Da lagen nun Omma und ich nebeneinander, Omma mit kaputter Hüfte und ich mit Blutdruck, als der Wagen von der Stadtreinigung mit seinen rotierenden Besen auf uns zuhielt.

Er fuhr sehr langsam und reinigte uns gut. Allerdings musste ich feststellen, dass der Ball fort war, wie auch Großmütterchens und meine Kleidung, einfach weggeputzt. Zu allem Überfluss stand dann plötzlich Carmen da. »Bwe bwe bwhee«, schrie sie und meinte damit wohl, dass sie mich und eine Omma in flagranti erwischt hätte, was völlig bekloppt ist. Ich würde Carmen trotz ihres Aussehens niemals betrügen. Gut, einmal habe ich mich im Spiegelkabinett selbst befriedigt, aber das ist noch lange kein Gruppensex. Ich erklärte Carmen alles und glättete ihr Haar mit der Fransenbürste, dann zog ich mir einen Teppich aus dem Fachgeschäft an und ging mit Carmen in den Feinkostladen, wo sie uns aufgrund von Carmens Optik nicht bedienten. Was dann kam, weiß ich nicht mehr, weil wieder Blutdruck.

Etwas später jedenfalls habe ich die alte Frau nochmal wiedergesehen. Es war im Fernsehen, wo sie einen widerwärtigen Hosenanzug trug und ihre Finger verschränkte, als wäre sie Mister Burns und hätte just »ausgezeichnet«

gesagt. Sie sagte dort, dass sie ihre Meinung in Bezug auf Atomkraftwerke wegen der Vorkommnisse in Japan geändert hätte. Ich denke ja eher, es lag an mir.

15.

Raum 16 im zweiten Untergeschoss

Wie an jedem anderen Werktag sitze ich auch heute auf dem Holzstuhl mit den giftgrünen Polstern. Vor mir die ewig weiße Tischplatte aus diesem harten, leicht zu reinigendem Kunststoff. Der Tisch scheint für die Ewigkeit gebaut. Sollte dereinst der Fall eintreten, dass sich eine schwer bewaffnete Mafiabande in das Forschungszentrum einschleicht, werde ich den Tisch umschmeißen und mich dahinter legen. Ich wette, die Kugeln werden an dem Tisch einfach abprallen und ich dann dahinter liegen und hämisch lachen können. Vielleicht werde ich aber auch den Helden spielen und die Gangster mit einem der Teller bewerfen, die mir immer auf den Tisch gestellt werden oder mit einem Löffel die Halogenröhre an der Decke kaputt werfen, denn Fenster hat mein Raum nicht, es wäre dann sofort dunkel. In dieser Finsternis würde ich mich dann den Unholden von hinten nähern, die ihren Aufenthaltsort anhand ihrer Zigaretten preisgäben, denn Mafiagangster rauchen immer. Und wenn ich dann hinter einem der Verbrecher stünde, würde ich dem aber so richtig gegen den Hinterkopf hauen. Allerdings halte ich einen Angriff der Mafia auf unser Labor für nicht sehr wahrscheinlich. Hier gibt es kaum etwas anderes zu finden, als Rezepturen für neue Süßigkeiten, Kuchen oder Suppen aus Konservendosen, denn diese auf ihre Massentauglichkeit zu überprüfen ist unsere Aufgabe. Hier arbeiten einige Lebensmittelchemiker, die einfach die Zusammensetzung der in der Entwicklung befindlichen Speisen genau überprüfen, ihre Mindesthaltbarkeit evaluieren und dergleichen. Dann arbeiten hier noch Sensoriker. Sensoriker sind Menschen mit besonders fein ausgeprägten Sinnen, beziehungsweise mit jeweils *einem* besonders fein ausgeprägten Sinn. Die Abteilungen sind im Einzelnen: Optik, Haptik, Akustik und Geschmack. Was genau die jeweiligen Abteilungen machen, möchte ich am Beispiel einer Suppe erklären. Die Optiker gucken sich die Suppe an. Wie sieht die Suppe aus, während sie noch kalt in der Dose ist, wie, wenn sie sich langsam erwärmt und was macht sie für eine optische Figur, wenn sie ihre Verzehrtemperatur endlich erreicht hat. Ein Optiker kennt den perfekten RGB-Wert für eine ansprechende Suppe und kann nach eingehender Prüfung genau sagen, ob die Suppe noch eine Nuance heller oder gelber oder was auch immer sein muss. Dabei handelt es sich oft um so minimale Abänderungen, das sie mir definitiv nicht auffallen würden.

Die Haptiker haben einen, wie ich finde, relativ bescheuerten Job, denn sie müssen das Produkt einfach nur anfassen und sagen, wie es sich anfühlt. Bei einer Suppe ist das meines Erachtens im Gegensatz zu einem Schokoriegel, den man ja tatsächlich anfasst, völliger Unsinn, trotzdem sitzt in deren Abteilung bei der Prüfung einer Suppe in vier Räumen jeweils eine Person, die mit ihren Händen erst in der kalten, dann in der lauwarmen und dann in der heißen Suppe rumpanscht. Von allen Leuten, die hier in unserem Labor in ihren weißen Kitteln rumlaufen, habe ich vor den Haptikern am wenigsten Achtung. Vor den Optikern habe ich Respekt, die können wirklich gut gucken, aber ich vermute, dass der Beruf zum Haptiker in der Lebensmittelbranche als reine Arbeitsbeschaffungsmaßnahme eingeführt wurde. Ein Job für Leute, die nichts können, als mit Händen in einem Topf voller Suppe zu panschen. Da finde ich die Akustiker tatsächlich noch sinnvoller. Hauptsächlich kümmern die sich um das Geräusch, das eine Speise beim Verzehr macht und bewerten das nach Massentauglichkeit. Akustiker sind die einzigen Sensoriker, die in Zweiergruppen arbeiten, denn es wird bewertet, wie das Essen der Speise selbst klingt, aber auch, wie das Geräusch des Essens einer bestimmten Speise auf andere Personen wirkt. Keine Ahnung, wirklich Achtung habe ich vor den Jungs und Mädchen auch nicht. Die letzten in der Gruppe der Sensoriker sind die in der Abteilung Geschmack. Die Königsklasse. Meine Abteilung. Ich arbeite hier seit genau zwölf Jahren und bin der Chef-Geschmacks-Sensoriker, was bedeutet, dass ich nicht nur selbst schmecken und bewerten, sondern darüber hinaus die Bewertungen der anderen zwölf Geschmacks-Sensoriker auswerten darf. Wenn einer der mir Untergebenen über einen zu langen Zeitraum zu dubiose Ergebnisse liefert, dann genügt ein Anruf von mir beim Personalchef und der Junge ist raus aus dem Unternehmen, was häufiger vorkommt, als man denken mag.

Mein Arbeitstag ist also zweigeteilt. Zunächst probiere und bewerte ich vier Stunden intensiv in dem Raum mit dem Holzstuhl mit dem giftgrünen Polster und dem weißen Tisch, dann mache ich eine Mittagspause, nach der ich mich an die Auswertung der Ergebnisse der anderen mache. Jetzt haben wir es elf Uhr und ich habe bereits drei Stunden gekostet. Für ein Produkt sollte man etwa zwei Stunden einplanen, wenn man ordentlich arbeitet. Immerhin muss man das Produkt meist in mehreren Temperaturen probieren und sehr genau schmecken und riechen, denn auch die Bewertung des Geruchs unterliegt der Abteilung Geschmack. Mein erstes Produkt habe ich für heute bereits abgeschlossen, es handelte sich dabei um einen neuen Lutscher, auf dessen Stiel man beißen kann, damit er eine säuerliche Flüssigkeit ausstößt, was zu einer Handbremsendrehung im Geschmackserlebnis führt. Nach meiner Auffassung, und: meine Auffassung ist erfahrungsgemäß die beste Auffassung, ist der Lutscher, den es in vier Geschmacksrichtungen geben soll, bis auf die Himbeervariante ganz gut gelungen. Was aber in allen Fällen stört, ist die saure Flüssigkeit, die zu sehr an Essigvariationen erinnert und trotzdem nicht sauer genug ist. Der Zitronengeschmack wirkt nur fadenscheinig natürlich, insgesamt *sticht* das Lutscherstielsekret. Die Aufgabe war an sich überhaupt nicht schwierig und mit meiner Bewertung bin ich unglaublich zufrieden.

Wenn man nun also sein erstes Produkt für den Tag auf Geschmack untersucht hat, neutralisiert man seine Geschmacksknospen mit einem Mittel, das dazu taugt. Ich selbst bevorzuge Milch, andere nehmen Cracker oder geschmackfreien Wackelpudding, das soll jeder für sich selbst entscheiden. Neutralisiert drückt man dann auf die rote Taste, die neben der Tür angebracht ist, und gibt so der Zentrale das Zeichen, dass man für ein neues Produkt bereit ist. Und da ich meinen halben Liter Milch bereits hatte, habe ich diese schon gedrückt, sitze jetzt also auf meinem Stuhl und warte. Das sind immer die schönsten Momente während der Arbeit, das einfache Warten und die damit verbundene Spannung, was wohl als Nächstes kommt. Manchmal sind es Pralinen von einem Schweizer Hersteller, die richtig gut schmecken, manchmal sind es Fertigmischungen für Nudelgerichte, die ganze Palette, alles ist möglich und du weißt einfach nicht, was es sein wird. Diese geniale Ungewissheit, das Geschenkpaket, von dem du weißt, dass es existiert, aber das du noch nicht gesehen hast.

Seit dem Drücken der Taste sind schon sieben Minuten vergangen, was zwar noch im Rahmen ist, aber eher am äußeren Rand. Im Durchschnitt dauert es nach dem Drücken der Taste etwa fünf Minuten und zwanzig Sekunden, bis das neue Testobjekt da ist, immerhin wollen wir hier im Labor höchst effizient sein. Da es aber ja an mir nicht liegt und mir keiner einen Vorwurf machen kann, sitze ich die Extrazeit ab. Ich beobachte die Uhr, die über der Tür angebracht ist, lausche ihrem Ticken, verfolge die Zeiger. Acht Minuten. Ich stehe auf und drücke die rote Taste erneut. Acht Minuten sind eindeutig zu viel und in all den Jahren, die ich hier bin, höchstens in der Anfangszeit vorgekommen, als das Team noch nicht so eingespielt war. Seither musste ich nie ein zweites Mal auf die Taste drücken. Ein bisschen bin ich wütend. Ich öffne einen Knopf meines Kittels und schiebe meine Hand hinein, navigiere sie am Saum meines Unterhemdes vorbei und kneife mir mit der linken Hand in die rechte Brust. Der Schmerz ist leicht stechend, aber etwas belebend. Nun zeigt die Uhr neun Minuten und fast möchte ich durch die Tür gehen und nachschauen, was da wohl los ist. Unfassbar, was mir hier zugemutet wird. Ich öffne langsam alle Knöpfe meines Kittels. Mein Unterhemd ist schwarz und steckt in meiner weißen Leinenhose, ich ziehe es heraus. Vielleicht sollte ich kurz auf die Toilette gehen und mich weiter anfassen. Aber was, wenn in der Zeit jemand käme und mir das nächste Produkt brächte? Der Kugelschreiber liegt auf meinem Klemmbrett. Ich nehme ihn auf und klopfe den Takt eines Liedes, welches ich heute Morgen auf der Fahrt zur Arbeit gehört habe. In dem Lied sang eine Frau, aber auf Spanisch, sodass ich nicht weiß, was sie der Welt mitteilen wollte. Und dann endlich kommt Bewegung in die Sache. Erst höre ich Schritte auf dem Flur vor meiner Tür hallen, Schritte mehrerer Personen, dann wird meine Türklinke von außen heruntergedrückt. Zwei Männer in grünen Kitteln treten ein, Männer die ich noch nie gesehen habe. Der erste ist etwa zwei Meter groß, aber so schlank, dass ich vermute, ihn wegpusten zu können. Der zweite ist ebenfalls nicht besonders kräftig, aber nur um die 1,60 groß. Sie stellen sich mir gegenüber nebeneinander an den Tisch und schauen mich mit einem Blick an, der mein Blut kalt werden lässt. *Den Tisch umdrehen und dahinter verschanzen,* denke ich, aber nur im Notfall. Dann folgt den beiden noch ein dritter Mann durch die immer noch geöffnete Tür. Er zieht eine Art Sackkarre hinter sich her und da er mir den Rücken zugewandt hat, kann ich nicht erkennen, was sich auf dieser befindet. Jetzt endlich wendet sich der kleinere Mann im Kittel an mich:

»Herr Werner, wir haben gehört, dass Sie der beste Sensoriker auf dem Gebiet Geschmack sind. Ist das zutreffend?«

Die Art, wie er spricht wirkt kühl wie ein Roboter, dennoch schmeichelt mir, dass ich anscheinend irgendwo für den Besten gehalten werde. Da ich mich selbst auch für den Besten halte, antworte ich wahrheitsgemäß mit einem »Ja.«

»Gut, Herr Werner«, sagt der Größere, »sehr gut«, fügt der Kleinere hinzu, dann wendet er sich mit bestimmter Miene und harschem Ton an den Mann mit der Sackkarre:

»Herr Zinnobert, legen Sie das Objekt jetzt bitte auf den Tisch.«

Die Sackkarre quietscht, als Zinnobert sie in Richtung meines Tisches bugsiert und Herr Zinnobert ächzt, als er das sperrige Etwas alleine auf den Tisch wuchtet. Da es in einem grünen Tuch eingewickelt ist, kann ich noch nicht erkennen, um was es sich handelt, habe aber den schrecklichen Eindruck, menschliche Konturen erkennen zu können. Mir schaudert, doch bevor das Gefühl in Gänze die Kontrolle über meinen Körper ergreift, reißt mich der Größere aus den Gedanken: »Sind Sie bereit, Herr Werner?«

Da mir die Sprache zum Antworten fehlt, nicke ich bloß. Dann nicken sich die drei Männer bestätigend zu und der kleinere zieht das Tuch vom Objekt. Umgehend wird mir übel. Mir zu Tische liegt ein Wesen in der Größe eines ausgewachsenen Mannes mit teilweise menschlichen Attributen, doch erinnert seine Form hauptsächlich an die einer Heuschrecke. Ich werde blass.

»Herr Werner?«, raunt der größere Mann herrisch und piekst mir mit einem Teleskopzeigestock gegen den Arm. Ich zucke zusammen und schaue ihm verzweifelt in die Augen.

»Herr Werner, das ist der Heuschreckenmann. Er lebt noch, ist gerade aber betäubt. Sie sollten sich beeilen den Heuschreckenmann zu probieren, bevor er aus seinem Schlaf erwacht.«

»Ich soll den Heuschreckenmann probieren«, stammle ich und weiß nicht so recht etwas mit der Situation anzufangen. Natürlich liebe ich es, neue Sachen auszuprobieren und zu schmecken, sonst wäre ich ja auch in meinem Beruf völlig falsch aufgehoben, aber einen Heuschreckenmann? Niemals. In meinem Mund sammelt sich Speichel, ganz so, als würde ich mich gleich übergeben.

»Nicht einfach probieren sollen Sie den Heuschreckenmann! Sie müssen ihn ganz aufessen«, befiehlt der kleinere Mann und schwenkt ein Messer, das er aus seiner Tasche gezogen hat. Wenn er mir mit dem Messer näher kommt, dann werfe ich den verdammten Tisch um. Adrenalin durchschwemmt meinen Körper. Alles auf Alarm. Der Kleine beugt sich mit dem Messer ein bisschen vor, droht aber gar nicht mir, sondern sticht es in den Heuschreckenmann, genau dort, wo der Arm aus dem Oberkörper wächst. Dann beginnt er zu schneiden. An der Einstichstelle tritt eine grüne Flüssigkeit aus, die dem Polster meines Stuhles nicht unähnlich ist. Wild schneidet der Kleine am Arm herum und der Große lacht böse. Ich habe Angst, mir in die Hose zu püschern. Wer schon so viel probiert hat wie ich, der weiß auch, wie Urin schmeckt und noch mehr, warum man das nicht in der Hose haben will. Meine Selbstbeherrschung bleibt standhaft, ich verliere keine Flüssigkeit. Nun ist der Kleine mit dem Schneiden fertig und hält mir den Arm hin. »Beginnen Sie damit«, herrscht er. Ganz sachte hebt und senkt sich der Brustkorb des Heuschreckenmannes auf dem Tisch. Er ist definitiv lebendig. Unwillkürlich greife ich nach dem Arm und wiege ihn prüfend vor meinen Augen. Der Geruch ist nicht schlecht. Ein Haptiker würde die Schale zu hart finden, ich habe keine Ahnung, wie man so etwas essen soll.

»Wonach soll ich den Geschmack beurteilen?«, frage ich.

»Beurteilen Sie nicht. Essen Sie einfach«, sagt der Große. Der Mann mit der Sackkarre verlässt den Raum und schließt die Tür hinter sich. Mit beiden Zeigefingern, die ich hinter die Schale des Arms klemme, breche ich das panzerhafte Material auseinander. Das Fleisch dahinter, wenn man es denn Fleisch nennen möchte, ist weiß und erinnert an Hummer in immensen Mengen, riecht aber weniger fischig. Mir ist nicht mehr so sehr nach kotzen zumute – nach jubeln allerdings auch nicht. Die beiden Männer starren mich an. Ich starre abwechselnd die Männer und das Fleisch an. Dann blicke ich für einen Moment zwischen den beiden Männern hindurch, sehe die Tür und die Uhr, die darüber tickt. Ich atme erleichtert ein.

»Meine Herren, es ist fünf nach zwölf, ich habe seit fünf Minuten Mittagspause«, sage ich, stehe auf und gehe. Verdutzt bleiben sie zurück. Den Nachmittag über bin ich in meinem Büro und beurteile die Ergebnisse meiner Untergeordneten. Es herrscht Einstimmigkeit bezüglich des sauren Geschmacks im Stiel und über den unzulänglichen Himbeergeschmack, nur einer bewertet ihn tatsächlich als hervorragend. Er wird bald seine Koffer packen müssen.

Als ich am nächsten Tag in meinen Geschmackstesterraum gehe, liegen dort zwei blutverschmierte, grüne Kittel. Der Arm vom Heuschreckenmann ist noch da. Das Fleisch schmeckt wahnsinnig gut.

16.

Der Haferdamm

Es war mal wieder schrecklich, zur Bank zu kommen. Zu viele Menschen in zu vielen Autos verstopften die Verkehrsadern wie Cholesterin die Adern eines Fastfood-Abhängigen. Wenn man einen Wagen mit zwölf Zylindern fährt, dann will man nicht in Schrittgeschwindigkeit mit dem Restverkehr durch die Straße gespült werden, weswegen ich eine große Teilstrecke auf dem Bürgersteig zurücklegte. Und wenn man so was macht, dann muss man viel hupen. Es ist wichtig, dass deine Hupe aggressiv genug klingt, das ist psychologisch bewiesen. Sie darf nicht »mööp mööp« oder gar »miep miep« machen, sondern muss onomatopoetisch »ich zerficke deinen Schädel mit meinem Kühlergrill, Passant« in die Welt bölken. Dein Auto muss mattschwarz sein, die Scheiben getönt, und es muss einen bösen Blick haben. Und genau deswegen war ich heute bei der Bank, nämlich um einen Kredit aufzunehmen für ein solches Gefährt. Denn als ich heute mit dem Smart zur Bank gefahren bin, teilweise auf dem Bürgersteig, hatten mich drei Halbstarke samt meines Autos einfach hochgehoben und in eine Bäckerei getragen; mein Auto kommentierte mit »miep miep«.

In der Bäckerei war es schwer zu wenden und das Gelächter der Backwarenverkäuferin schallte schmerzlich auf die dünne Haut meiner zarten Seele. Aus der Not eine Tugend machend ließ ich mir einen Kaffee geben, schwarz, und brüllte, dass das alles Absicht und ein Aprilscherz wäre. »Bisschen spät für einen Aprilscherz«, kommentierte die Verkäuferin und deutete auf eine Eiche vor dem Laden, die bereits ihr herbstliches Kostüm trug. Das einzig unbestreitbar Gute an meinem Auto ist allerdings ebenfalls seine Größe. Man kann damit zwar keine Bierkiste transportieren, aber im Notfall transportiert man das Auto in einer Bierkiste. Mit einem anderen PKW hätte ich vor der Bank sicher keinen Parkplatz gefunden, den Smart parkte ich einfach in der Packstation der Post, die direkt neben meiner Bank ist. Trotzdem kam ich zum Treffen mit meinem Finanzberater zwanzig Minuten zu spät. Der Berater, Herr Abkeuler war sein Name, grüßte dennoch freundlich. Aufgrund meiner Plastiksohlen und deren Reibung mit dem Teppichboden seines Büros, bekamen wir beide einen leichten, aber deutlich spürbaren, elektrischen Schlag. Herr Abkeuler lächelte, zwinkerte mir dann schelmisch mit beiden Augen abwechselnd achtmal zu und sagte: »Hui, Herr Pansen, zwischen uns hat's ja direkt gefunkt!«

Ich versuchte, um professionell zu wirken, sein dummes Zwinkern zu imitieren und etwas Schlagfertiges zu antworten, aber es reichte nur für: »Sie fressen morgens also auch Batterien, hä?«

Auf meine Antwort zwinkerte er wieder, dieses Mal ganze zwölfmal. »Epileptischer Anfall oder Herzinfarkt«, mutmaßte ich dann und Herr Abkeuler lachte, obwohl es ihm unangenehm war. Wir schritten also auf sichereres Terrain und kamen zum Geschäftlichen. Ich erklärte Herrn Abkeuler, dass ich einhundertvierzehntausend Euro für einen Jaguar XJR Baujahr neunundsiebzig benötige und dann wohl noch viertausend weitere für die nötigen Umlackierungen, eine aggressivere Hupe und dergleichen. »Das ist aber eine ordentliche Stange Geld für ein Auto«, resümierte der Abkeuler und zwinkerte erfreulicherweise nicht, sondern nickte anerkennend. »Und sagen Sie, Herr Pansen, was sind Sie nochmal von Beruf?«, fragte dann der Abkeuler und mir war nicht ganz klar, warum.

Ich nahm eine Büroklammer vom Schreibtisch, schaute sie kurz an, bog sie gerade und versuchte danach vergeblich, sie wieder in ihre ursprüngliche Form zu bringen. Während ich das tat, piekste ich mir versehentlich vier blutige Stellen in die Finger, dann purzelte sie mir aus der Hand. Ich bückte mich runter, las sie vom Boden auf und stieß mir beim Hochkommen den Kopf an der Schreibtischplatte. Endlich hatte ich die unangenehme Frage von Herrn Abkeuler vergessen und konnte mich wieder auf das Wesentliche konzentrieren.

»Also ehrlich jetzt, einhundertachtzehntausend, wo soll ich unterschreiben?«

»Das geht leider nicht so schnell, Herr Pansen. Die Bank muss erst ein paar Dinge über Sie wissen. Das liegt nicht an mir, also ich würde Ihnen das Geld ja sofort geben, aber da macht die Bank leider nicht mit. Haben Sie irgendwelche Sicherheiten?«

»Ha! Verdammt«, schnaubte ich, doch als sich seine Stirn runzelte, merkte ich, dass es ihm ernst war.

»Haferdamm, meinte ich. Ich besitze einen Haferdamm in Wilhelmshafen, ganz großes Teil, den verpachte ich immer.«

»Was ist ein Haferdamm?«

»Joar, das ist so ein Damm. Aus Hafer. Wie ein Deich, genauso begrünt, beste Lage, mitten in Wilhelmshafen.«

»Und den verpachten Sie an wen genau?«

»Touristen.«

»Touristen?«

»Tou-ris-ten.«

»Tou-ris-ten?«

»Touris! Ja klar! Ferien auf dem Haferdamm, der neuste Schrei, Bärlauch ist ein Witz dagegen. Ökologisch korrekter Urlaub mitten in Wilhelmshafen, portionsweise buchbar.«

Als mich Herr Abkeuler dann bat, sein Büro zu verlassen, nahm ich alle Büroklammern mit und steckte mir auch noch seinen Terminkalender ein, damit die Kripo nicht sehen würde, dass Herr Abkeuler zum Zeitpunkt seines Todes mit mir verabredet war. Meinen Wagen ließ ich bei der Post, denn erstens hatte ich genügend Porto und meine Adresse drauf gemacht und zweitens bin ich der Meinung, dass der Jaguar von Herrn Abkeuler mir viel besser steht. Auf meinem Haferdamm werde ich jetzt entspannen bis sich die Wogen geglättet haben und dann wird auch schon die Skisaison auf dem Damm genügend Geld für die nötigen Veränderungen am Auto abwerfen.

17.

Frieda

Als meine letzte Freundin Frieda in meiner Anwesenheit einen circa achtzig Meter tiefen Abhang hinunterstürzte, konnte ich nichts anderes machen, als die Hände über dem Kopf zusammenzuschlagen, entsetzt zu gucken und zu rufen:

NNNNNEEEEEEEEEEEEEIIIIIIIIIIIIIIINNNNNNNNNN!

Nachdem sie am Boden zerschellt war, setzte ich mich in den Schneidersitz und dachte darüber nach, warum ich sie eigentlich geschubst hatte. Ich bin ja eigentlich nicht so der Mörder, sondern ein ganz netter Zeitgenosse, spiele gerne Schach, fahre einen Mittelklassewagen mit Umweltplakette und zahle monatlich meine Rechnungen. Und plötzlich schubst einer wie ich seine Freundin einen steilen Abhang hinunter, das passt genau so wenig, wie eine Jungfrau in den Swingerclub. Trotzdem habe ich es getan und auch gute Gründe, denn der Verdacht lag nahe, dass es eigentlich Frieda war, die mich umbringen wollte, obwohl sie so einen friedlichen Namen hatte. Ihr Motiv bestand aus drei typischen Faktoren, die ich hier der Reihe nach nennen möchte.

Erstens war sie ziemlich verliebt in meine weißroten Nike Air Sneakers von 1993, die noch top in Ordnung und auf dem Markt nicht mehr zu haben sind. Es machte sie unglaublich sauer, dass ich sie ihr nicht mal ausleihen wollte (Habgier).

Zweitens erfüllte es sie mit Zorn, dass ich diese Schuhe stets etwas lieber hatte als sie und auch häufiger mit ihnen schlief, als mit ihr (Eifersucht).

Drittens vermute ich, dass sie davon ausging, das feine Leder meines Torsos und meiner Gliedmaßen nach meinem Tod zu einem schicken Mantel vernähen zu können (Blödheit).

Ihre gegen mich gerichteten Mordversuche waren immer gut kaschiert und perfide ausgeführt. Einmal zum Beispiel beim Angeln.

Wir saßen gemeinsam im Boot und Frieda wollte gerade einen Regenwurm an die Angel pappen, griff aber nach meinem Handyladekabel, spießte es mit dem Angelhaken auf und warf die Angel aus. Natürlich war das Ladegerät danach hinüber und Teil eins ihres Planes war im Kasten. Zum Ausgleich bestellte sie mir dann bei eBay ein neues Ladegerät. Dieses Ladegerät aber war kein Original, sondern ein billiger Asia-Import, der direkt bei der ersten Benutzung hart explodierte. Dass ich dieses Attentat überlebte, lag ausschließlich daran, dass ich mit *hart explodierte* total übertrieben habe und es in Wirklichkeit einfach nur nicht funktionierte, aber immerhin. Es war ihr Plan, da kann ich nichts für, wenn der nicht funktionierte.

Weitere Indizien für Mordversuche ihrerseits sind:

a) dass sie im Bett immer an der Seite schlafen wollte, an der die Wand ist, obwohl jeder weiß, dass, wenn Buhmänner im Haus sind, diese immer die Person essen, die auf der Außenseite des Bettes schläft;

b) dass sie mir zu meinem Geburtstag einen Nusskuchen machte, wahrscheinlich weil sie davon ausging, dass ich eine Nussallergie habe, womit sie sich aber geschnitten hatte;

c) dass sie versucht hat, mich bekloppt zu machen, indem sie immer wieder fragte, was ich denn denken würde, obwohl sie haargenau wusste, dass ich relativ selten etwas denke;

d) dass sie beim Schnick-Schnack-Schnuck-Spielen immer die Schere nahm und damit meinem Hals gefährlich nahe kam (was blöd von ihr war, weil ich motorisch nur Stein und Papier kann und Papier niemals machen würde, weil das schon ein halber Hitlergruß ist).

Zu alledem ist mir noch aufgefallen, dass ich häufig morgens streng aus dem Mund gerochen habe, besonders an Morgen, denen eine Nacht mit viel Alkohol vorangegangen war. Meine Theorie dazu ist die folgende: Frieda nutzte die Gelegenheit, wenn ich einen tiefen Alkoholschlaf hatte, um mir wieder und immer wieder kräftig in den Mund zu pupsen, um mich mit dem Methan zu töten. Oder sie wollte, dass ich, wenn ich mir am nächsten Morgen meine erste Zigarette entzünde, aufgrund des ganzen Gases hart explodiere.

Als wir nun zusammen in den Bergen wandern waren, sagte sie, sie wolle meine Schönheit mit der aufgehenden Morgensonne im Hintergrund als Foto festhalten und bat mich, mich an den Abhang zu stellen. Was sie vorhatte, war natürlich klar, aber ich bin ihr zum Glück zuvorgekommen und selbst gesprungen …

Kurz bevor ich auf dem Boden aufschlug, öffnete ich im Fallen meine Hose, kramte meinen Penis hervor, ließ ihn wie den Rotor eines Helikopters rotieren, flog den Abhang wieder hinauf und landete hinter ihr, von wo ich ihr einen Tritt verpasste, auf dass sie stürzte.

Da sie keinen Penis hat …

18.

Tyson Junior

Der DVD-Player ist kaputt. Geht zwar an, aber das war's. Fünf DVDs hab ich schon ausprobiert, *Free Willy, 101 Dalmatiner, Bernhard und Bianca, Arielle* und *Das Texas Kettensägenmassaker*, nix läuft. Jetzt sitz ich hier als Babysitter, das Baby, das ich sitten soll, sittet neben mir und boxt mir in die Rippen. »Schalt den Film an, Onkel, schalt den Film an«, quengelt es. Es tut richtig weh, wie das Kind so am Boxen ist. Es ist eines von diesen Kindern, die man nicht gerne sittet, ein Meter zwanzig pure Energie, genau wie mein ~~Penis~~ Arm. Aber das ist ein anderes Thema, ein Thema, das nicht in eine Geschichte gehört, in der ein junger Erwachsener abends auf ein Kind aufpasst, darum streichen wir ~~den Penis~~ einen Arm und ersetzen ihn durch einen Arm.

Es ist also eines von diesen Kindern, die man nicht gerne sittet, ein Meter zwanzig pure Energie, genau wie ein Arm.

Ich kannte mal einen Mann, der hieß Henry, der hatte Arme wie Litfaßsäulen, nicht so lang und breit und schwer und auch nicht so beklebt, aber sie rochen so. Sie rochen wie Litfaßsäulen in baumarmen und hundereichen Gegenden, wo die Hunde alle gegen die Litfaßsäulen pinkeln, auch schon, weil die dort angebrachte Wahlwerbung der Grünen Bäume zeigt und die Hunde davon verwirrt sind. Es ist keine politische Message von den Hunden, aber wer Bäume säht, wird Hundepisse ernten. Oder Kirschen, Äpfel und Pfirsiche, aber bestimmte keine VW Golfs mit bräsigen, jungen Männern ohne Stil in Ed Hardy-Shirts, auch wenn man das denken könnte, so oft wie diese Autos an Bäumen hängen. Mir sind diese Bäume sympathisch, sie leisten aktiven Widerstand, vielleicht sind sie Nachkommen von Gandhi, man müsste überprüfen, ob es vor Gandhi schon Bäume gab, aber dafür ist jetzt keine Zeit.

Die Arme von Henry sahen also aus wie Äste und rochen wie Litfaßsäulen, er konnte sehr gut mit Kindern umgehen. Er machte es wie folgt: Er streckte seinen Astarm aus und hängte eine Schaukel dran. Wenn das Kind dann schaukelte, wurde es vom Armgeruch langsam betäubt und schlief ein, so hat er die Kinder immer glücklich zu Bett gebracht. Mir fehlen die nötigen Arme für einen solchen Umgang mit Kindern. Kinder interessieren sich nicht für meine Arme, was okay ist, denn ich interessiere mich auch nicht für die Arme von Kindern, außer, sie sind ausgefallen tätowiert, zum Beispiel mit einem Waschbecken voller Ersatzteile für Toaster, wie ich es einst in China gesehen habe, oder eben, wenn diese Kinder gerade ihre Arme benutzen, um mich zu boxen, wie es in diesem Moment der Fall ist. Tätowierte Kinderarme sind mir definitiv lieber. In China tätowieren sich die Kinder in den Pausen gegenseitig, heimlich auf den Toiletten, einige werden später Mediendesigner, die meisten allerdings Kommunisten. Untätowierte Kinder gelten als uncool, die Tätowierten klauen ihnen den Pausenreis. Ich mag diese Klassengesellschaften nicht. Aber wo es Schulen gibt, gibt es unausweichlich auch immer Klassen und wo es Klassen gibt, sind auch Lehrer und die finde ich ja auch nicht eben gut.

Das Kind, das mich jetzt boxt, hat wahrscheinlich auch schon Lehrer, denn es ist acht und zur Schule geht man schon mit sechs. Ich bin erst mit neun Jahren eingeschult worden, denn mit sechs, sieben und acht musste ich bei der Weinernte mithelfen. Wir haben verdammt guten Wein angebaut, unser Dünger war eine Mischung aus Schweineknochen und Soziologiefachschaftlern. Gerade die Soziologen gaben dem Wein eine Note von Cannabis und Insekten, es war etwas Besonderes und wir bekamen Bestellungen aus aller Welt.

Meine Eltern kamen dann 1996 ins Gefängnis, denn die CDU-Regierung hatte es noch insgeheim erlaubt, Soziologen zu verdüngen, Schröder hat es direkt als zweite Amtshandlung verboten. Er dachte nämlich, dass Soziologen automatisch auch Sozialdemokraten seien, wegen des *Soz* am Anfang. Als erste Amtshandlung hatte er veranlasst, dass der Mond rot gestrichen wird. Da sich aber schnell herausstellte, dass ein Topf Farbe zum Anstreichen nicht ausreicht, hat Gerhard diese Anordnung wieder zurückgenommen. Er war vorher davon ausgegangen, dass der Mond so groß ist, wie er ihn sieht, also so groß wie etwa die Fläche zwischen seinem Daumen und Zeigefinger, wenn er mit ihnen einen Kreis formt. Ich wurde damals wegen des Weinskandals der Mittäterschaft angeklagt, fiel aber noch unters Jugendstrafrecht und musste nicht in den

Knast, sondern wurde von der Friedrich-Ebert-Stiftung gezwungen, eine neue Identität anzunehmen und Soziologie zu studieren, womit die Frage ein für alle Mal geklärt ist, warum ich Soziologie studiert habe. In den Seminaren habe ich tatsächlich viel gelernt, zum Beispiel, wie man ein Buch am besten hinstellt, damit es nicht auffällt, dass man dahinter schläft. Es ist tatsächlich eine praktische Fähigkeit, die mir in meinem jetzigen Berufsalltag als Schriftsteller viel bringt, denn in Wirklichkeit lese ich den Leuten auf der Bühne gar nichts vor, sondern rede im Schlaf. Im Schlaf reden habe ich nicht an der Uni gelernt, sondern in einer wahnsinnig langweiligen Beziehung mit einer Frau. Sie hatte ein hübsches Gesicht und dahinter anfangs auch ein intelligentes Hirn. Ich hatte sie in einem Soziologieseminar kennengelernt und natürlich hat sie viel gekifft. Ihr Geld für Gras verdiente sie beim Babysitten. Da sie Angst hatte, von den Eltern der Schützlinge beim Kiffen erwischt zu werden, schnüffelte sie bei der Arbeit nur die Pritt-Stifte der Kinder, was sie sehr schnell sehr dumm machte.

»Hey Kind«, pflaume ich den kleinen Boxer an: »Hast du eigentlich einen Prittstift?« Das Kind nickt und geht in sein Zimmer, um ihn zu holen. Kurz darauf kommt es mit einer Tüte wieder.

»Ich hab auch noch Nagellackentferner und Feuerzeugbenzin mitgebracht, das knallt besser, Onkel«, sagt das Kind und reicht mir die Tüte. Wir schnüffeln beide eine Weile und dann werden ein Meter zwanzig pure Energie zu einem braven Haufen Schlafmasse, genau wie mein Penis nach dem Sex, aber das ist eine andere Geschichte, die hier nicht her gehört.

19.

Travelution

»Holdriho di Holdriho di Schlenderassa bumsky«, jubiliere ich am Bernauer Bahnhof in die kühle *soll-das-schon-Frühling-sein?*-Luft, als könne mich kein Wässerchen beschlubbern. In der Luft fehlen gerade Grade, weswegen sie mit Minus auf der Temperaturanzeige der Apotheke gegenüber angezeigt werden, acht Stück insgesamt. Der siebenminütige Spaziergang vom Gasthof *Schwarzer Adler* bis hierher machte meine frisch gewaschenen, ungeföhnten Haare zu einem Konglomerat proteingefüllter Eiszapfen, die, während ich auf dem Bahnsteig gegen die Kälte anhüpfe, laut aneinanderklackern, als hätte ich ein verstimmtes Xylophon am Kopf montiert. Wenn ich das in hoher Qualität aufnähme, könnte ich mit dem Resultat einen Grammy gewinnen oder einen Granny Smith von einem jazzverliebten Obsthändler, vielleicht einem Franzosen, vielleicht auch ein Baguette. Die Nächte im *Schwarzen Adler* waren gut gewesen, vermutlich zu gut für einen Bösewicht wie mich. Die Matratze war genau richtig, denn sie war waagerecht auf dem Lattenrost des Bettes montiert und nicht, wie bei mir zu Hause aus Platzgründen, senkrecht. Anstatt der üblichen morgendlichen Mordlust, verspüre ich heute eher eine mörderische Morgenlust, am liebsten würde ich diesem Morgen trotz aller Kälte die Hose runterziehen und einen erstklassigen Cunnilingus an seiner Vagina vollführen. Doch wie sähe das aus, wenn ich hier plötzlich am Morgen leckte? Stattdessen hüpfe ich also gegen die fehlenden Grade an, deren Niederträchtigkeit vom Bahnsteigboden reflektiert wird. Zwischenzeitlich öffne ich hin und wieder, dann und wann, ab und zu mal, wenn es mir denn gerade passt die Tupperdose, in der sich neben meinem Reiseproviant, welcher aus gepökeltem Walfleisch besteht, auch mein treuer Begleiter Samson Galaxius S der Dritte, wie ich mein HTC-Smartphone zu nennen pflege. Warum auch nicht, es gehört mir und ich kann es nennen, wie ich will. Die lange und beschwerliche Reise nach Bernau hatte ich mit dem Ziel angetreten, dort eine Immobilie zu einem günstigen Preis zu erwerben. Mir schwebte ein Landhaus oder eine Jugendstilvilla vor, mein Budget belief sich auf knapp neunhundert Zloty, die ich von einem toten Diktator geerbt habe, Moe El Guffyduffy.

Anstelle eines herrschaftlichen Anwesens kaufte ich jedoch nur ein Mehrfamilienhaus für Arielle und ihre Freude, eine typische Meerfamilie. Sobald alle Fenster neu gekittet und die Wände mit einer wasserdichten Latextapete versehen sind, werden sie dort mietgünstig einziehen und von der berlinnahen Lage Bernaus profitieren können. Das alles ist sehr uneigennützig, was wohl den guten Nächten im *Schwarzen Adler* zuzuschreiben ist. Das einzig Negative am Gasthof *Schwarzer Adler* war, dass er nur schwerlich und ausschließlich über eine aushängende Strickleiter zu erreichen war, denn er schwebt etwa zwölf Meter über der Stadt. Die Zimmer befinden sich allesamt im geräumigen Gefieder des Tieres. Sie sind sehr groß und bieten den Komfort einer Mittelklasse-Yacht. Der *Schwarze Adler* ist sehr zutraulich und der Nachtportier machte stets ein kleines Nickerchen in des Vogels blauem Schnabel. Ja, Sie haben richtig verstanden, der Schnabel war grün und eigens zum Zeichen der sexuellen Frustration in dieser wie Flieder strahlenden Farbe lackiert worden.

Aus der Ferne vernehme ich jetzt die Geräusche, die ein Zug macht, wenn er sich in der Ferne befindet, doch kommen die Geräusche ganz aus der Nähe, nämlich dem Game Boy eines Jungen, der sich die Wartezeit auf den Zug mit dem Spielen eines Pokémon-Spieles verkürzt. Anscheinend hat er gerade ein wildes Lokomotivu (das Zugpokémon) gefangen genommen. Nebenbei verdient der Junge sich ein paar Mark, denn sein Kopf ist genau in der Höhe meines Armes angebracht, sodass ich bequem meinen Kaffeebecher darauf abstellen kann – ich schätze es, meinen Kaffee nicht in der Hand halten zu müssen, besonders wenn ich hüpfe.

Wenig später erreicht dann der richtige Zug das Gleis. Ich nehme dem Jungen meinen Kaffee vom Kopf, stecke ihm einen kleinen Klumpen Walfleisch zu und lege mir den Stock, an den ich mein Reisegepäck gebunden habe, über die Schulter. Nun aber geschieht das Unsägliche: Das Ömmeke, also die Omma, beziehungsweise der Mensch mit Ergrauungshintergrund, der vor mir her läuft, betritt anstatt des Zuges den schmalen Spalt zwischen Zug und Bahnsteig, sodass sie ins Gleisbett heruntersaust. Bevor ihre Füße allerdings den Boden erreichen, verkeilen sich der mühsam angesparte Bauch- und Rückenspeck der Dickmadam zwischen Zug und Bahnsteig. Zunächst versuchen zwei kräftige, attraktive junge Männer, von denen ich einer bin, die Dame aus ihrer Verkantung herauszuziehen, was uns nicht gelingen will, Ömmeke sitzt fest.

Nach und nach versuchen sich andere Männer und Frauen, ja sogar Kinder, die schnaubende Rentenempfängerin aus ihrer misslichen Lage zu befreien, keinem will es gelingen. Da ich aber für den späten Nachmittag noch ein Date habe, ist es mir wichtig, meinen Anschlusszug zu erreichen. Um die Menschen also anzuspornen, beim Herausziehen mit größter Mühe vorzugehen, erkläre ich dem Volk, dass es sich bei der Omma um das Schwert Excalibur handele und dass demjenigen, dem es gelänge, sie aus dem Fels zu reißen, die Herrschaft über den Regionalexpress 18347 zuteilwürde. Für meine Ansprache erhalte ich donnernden Applaus von einem aufgebrachten Mann mittleren Alters, genauer gesagt, er schlägt mir mit der flachen Hand ins Gesicht, aber immerhin – es klatscht. Hernach versuche ich, die Omma mit dem Fett meines Reiseproviants glitschiger und somit herausziehbarer zu machen. Warum ich dabei mit ihrem Gesicht anfange, ist mir selbst nicht klar, aber das Ömmeken glänzt nun über beide Wangen. Wenn es auch technisch nicht viel gebracht hat, so doch wenigstens ästhetisch, was ja meiner Rolle als Künstler auch wesentlich mehr entspricht.

Allmählich bin jedoch selbst ich mit meinem Altgriechisch am Ende, weshalb ich zum Lokführer gehe und ihn bitte, doch ungeachtet der Tatsache der Oma die Fahrt wieder aufzunehmen, denn: Wo komme man da sonst hin? Richtig: nirgends!

Der Lokführer allerdings wendet ein, dass dadurch eventuell der Zug oder der Bahnhof beschädigt werden könnten, was er mit seinem Berufsethos nicht vereinbaren könne.

Dann aber kommt mir die rettende Idee! Ich entnehme meinem Gepäck einen Kreuzschraubenzieher. Mit diesem löse ich die unten gelegenen Schrauben des Bahnsteiges, damit dieser sich frei im Raum bewegen kann. Der Lokführer lobt mich für diesen Einfall, dann nehmen wir endlich Fahrt auf. Der Bahnsteig bewegt sich während dieser neben dem Zug her, er fährt quasi wie der Sozius eines Motorrades mit dem Zug mit. Nach zwanzig Minuten erreichen wir unser Gleis im Berliner Hauptbahnhof. Da dort nicht genügend Platz für einen zweiten Bahnsteig ist, schieben wir den vorhandenen einfach ein Stück nach vorne, sodass dieser direkt an den Bahnsteig Bernau anschließt, ein faszinierendes Bild! Der Lokführer und ich schauen uns an und wissen genau was nun zu tun ist: Gemeinsam fahren wir die beiden miteinander verbundenen Bahnsteige über die ICE-Strecke vom Berliner Hauptbahnhof bis zum Kölner Hauptbahnhof, sodass letzten Endes die Bahnsteige aller Unterwegsbahnhöfe aneinandergeschoben werden. Von nun an ist es also möglich, innerhalb weniger Minuten vom Bahnsteig Köln nach Braunschweig, Hannover, Dortmund oder sogar Wuppertal zu kommen, mit einem Fahrrad sogar in Sekunden!

Auf diese Art haben wir den öffentlichen Fernverkehr revolutioniert. Jeder Tag sollte mit einer Revolution beginnen, dann wächst die Welt immer ein Stück näher aneinander.

20.

Gerät, das kinetische Energie in Elektrizität zu verwandeln vermag nach Art des saxonischen Proletariats oder: *Düjnahmou*

Es war ein Sonntagmorgen, an dem ich erwachte und dachte: »Verrückt!«

Mir war seit meiner Kindheit gar nicht mehr bewusst gewesen, dass Tage, und insbesondere Wochenenden, frühe Morgenstunden haben, da ich sie nie mitbekomme und immer dazu neige, nur das zu glauben, was ich live erlebe. Als Kind gab es diese frühen Stunden noch. Sie definierten sich hauptsächlich über die mediale Präsenz eines homosexuellen Bären, der ständig so gut gelaunt war, dass der TV-Sender nie seinen vermutlich blanken Unterleib gezeigt hatte. Ich vermute, dass des Bären Libido durch die Präsenz seines menschlichen Kompagnons Metty nahezu an den Gipfel des Erträglichen getrieben wurde, denn Metty war ein kräftiger, maskuliner Typ, der trotzdem eine starke musische Seite hatte und das Singen und Zeichnen gleichermaßen beherrschte. Zudem gab es am Wochenende vier pizzageile Schildkröten in der Größe von Menschen, die von einer Ratte im bewaffneten Kampfsport unterrichtet wurden. Diese vier Reptilien wussten derart zu faszinieren, dass selbst Frank Zander nicht anders konnte, als sie zu besingen. Auch mich hatten sie stark in ihren Bann gezogen. So stark, dass ich mich oft auszog, mit Tusche grün anpinselte und mit einem runden, braunen Kissen als Panzer auf dem Rücken durch die Gärten in der Nachbarschaft rannte, *Cowabunga* brüllte und die Schergen der Gegner mit einem Besenstiel niederknüppelte. Die Antagonisten waren ein absurdes Kabinett, das unterirdisch in einer gigantischen Metallhalbkugel mit Augen hauste und einer strengen Hierarchie folgte.

Der Kopf der Bande war nur ein Gehirn, dem Kopf und Körper fehlten, weswegen er im durchsichtigen Bauch eines stupide blickenden Speckroboters saß, den er mit verschiedenen Hebeln steuerte. Ihm zur Seite stand ein großgewachsener Recke, der stets in der violetten Gangfarbe gekleidet war, seinen Rang als Co-Chef aber mit allerhand Metall an Kopf und Händen zur Schau stellte. Neben unzähligen Ninjasoldaten befehligte er seine zwei Generäle, die ein mutiertes Warzenschwein und eine Art Opossum waren. In meinem kindlichen Spiel wurden diese Bösewichter durch allerhand Gartenzwerge, Vogelhäuser und Terrakottapötte dargestellt, auf die ich mit dem Stock einprügelte, was so lange gut ging, bis sich in einem der Pötte die Katze von Herrn Bauschreck versteckt hatte.

Als guter Kommunist, der mein Vater war, hielt er Gartenzwerge für ein Bollwerk biederer Bürgerlichkeit, deren

Zerstörung er gerne unsere Haftpflichtversicherung bezahlen ließ.

Als echter Realist, der mein Vater war, fand er es auch witzig, sich mit alten Damen auseinanderzusetzen, die mich für einen Außerirdischen hielten und mich dem Bundesnachrichtendienst melden wollten.

Aber als überzeugter Vegetarier, der mein Vater auch war, konnte er einer zerschmetterten Katze nichts Positives abgewinnen und fand, dass ich von der Straße geholt werden müsse.

Von der Straße geholt wurde ich dann vom nächstgelegenen Fußballverein, in dem ich mit acht Jahren das Fluchen in sechs verschiedenen Sprachen und das Saufen lernte, sowie mein junges Fleisch zu Stahl werden ließ. Als ich nun neulich erwachte, und dachte »verrückt!«, fielen mir all diese Dinge wieder ein und ich versank in ein wehmütiges Denken an eine vergangene Zeit. Und ohne zu formulieren, dass ich gerne noch mal Kind wäre, zog ich mich aus und tuschte mich grün an, band mir ein Kissen auf den Rücken und rannte durch die Gärten. Wie ich so auf einen Kaninchenstall einprügelte, empfand ich ein Verlangen nach der Freakshow von früher, doch da ich keinen Fernseher besitze, musste etwas anderes her. Die alternative Freakshow war schnell gefunden, denn sie lockte von sich aus mit penetrantem Geläut: Klar, die Kirche! Dort angekommen stellte ich fest, dass ich mit dem Pastor, der betreten guckte, ziemlich alleine in dem großen Gemäuer war. Kurzerhand teilten wir uns eine Flasche Messwein und hatten ein ganz nettes Gespräch. Ich erklärte ihm meine grüne Farbe und er mir, dass er auch Sehnsucht nach Kindern habe. Als nächstes stand Fußball auf dem Plan und da mein Körper mittlerweile zu dysfunktional auf Bälle reagierte, entschied ich, nicht selbst zu spielen, sondern spielen zu lassen. Schließlich war Spieltag und das Stadion mit der Bahn noch rechtzeitig zu erreichen. Gespielt wurde in Emden. Die Ostfriesen hatten die Elf aus Dresden zu Gast, deren Fans am liebsten in der rechten Kurve stehen und nicht gerade mit geschliffenen Worten glänzen. Nach einem dramatischen ersten Tor für die Gastgeber, in deren Fanblock ich stand, hatte ich vom Bier einen dramatischen Blasendruck, weshalb ich die Toiletten aufsuchte. Während ich in das Pissoir laufen ließ, stellte sich ein grobschlächtiger Mann an die angrenzende Porzellanschüssel und schaute mich argwöhnisch an. Vielleicht hatte er ein Problem damit, dass ich ein Schildkrötenmann war oder aber damit, dass ich Haare hatte, jedenfalls sah ich in seinen Augen, dass er sich darauf vorbereitete, seinen Frust in meinem Gesicht zu entladen. Um zu deeskalieren, grinste ich ihn an, fasste meinen Penis an der Wurzel, ließ ihn wie den Rotor eines Helikopters rotieren und gröhlte: wwwwhwwwhwwwh-Düüüünamooo-owwwwwhwwwwhwww! Der Hooligan war von meiner Choreografie so fasziniert, dass er mich auf ein Bier einladen wollte, was ich aber ablehnte und in den friesischen Block zurücktorkelte. Keine zehn Minuten später hatte meine Performance im gegnerischen Block die Runde gemacht und zum Ausgleichstreffer der Sachsen rotierten etwa achthundert Penisse in der rechten Kurve. Der Gestank der Luft, die zu uns herübergeblasen kam, spottete jeder Beschreibung und sorgte für ein kollektives Erbrechen in den eigenen Reihen, für das ich mich irgendwie verantwortlich fühlte.

Sollte ich jemals wieder in den frühen Morgenstunden eines Sonntages erwachen, werde ich eine starke Valium schlucken, die Augen schließen, und die Existenz dieser Stunden weiterhin leugnen.

21.

Dreiwettertaff

Während meine kleine Freundin einen Lolli leckt und ich ihre Vagina, hagelt es draußen hart und härter. Eigentlich bin ich ja ein großer Fan von himmlischem Niederschlag, ich habe sogar zwei Niederschlag-Fan-T-Shirts. Auf dem einem steht »Hurra, Regen!« und auf dem anderen »Dufte, Schnee!«, aber Hagel ist mir suspekt. Nicht immer, aber immer dann, wenn *Auto* nicht in der Garage steht und ich um seine karosserieliche Unversehrtheit bangen muss. *Auto* mag ich auch sehr gerne, auf einem meiner T-Shirts steht groß »Wow! Auto!«, darunter ist ein Bild von *Auto*. Viele beneiden mich um dieses T-Shirt, denn Rudi Carrell hat es handsigniert. Warum genau kann ich nicht sagen, er brach damals in meine Wohnung ein, öffnete den Kleiderschrank und signierte das T-Shirt. Er verschwand noch bevor ich ihn zur Rede stellen konnte. Keine Ahnung warum das alles, aber er ist Holländer und da frage ich auch gar nicht weiter nach. Als er weg war, roch es nach Käse und Showbusiness und ich bekam Hunger und Lampenfieber zugleich und auch wenn ich jetzt gerade keinen Hunger habe, lecke ich doch an der Vagina meiner Freundin und genieße ihre feinen Aromen. Der außerhalb meiner Wohnung niederschlagende Hagel allerdings hemmt mich, mein Auto macht mir großen Kummer. »Schatz«, sage ich also und schaue ihr von unten an ihrem Busen vorbei in die Augen.

»Nicht aufhören, du hast da unten eine wichtige Mission«, herrscht sie mich an, also lecke ich weiter, angstvoll.

Das akustische Spektakel vor meinem Fenster wird immer intensiver, bestimmt sind die Hagelkörner keine Körner mehr sondern faustdicke, Titanic versenkende Eisklumpen und mir wird noch mulmiger. Noch einmal möchte ich meiner Liebsten meine Sorge kundtun, doch in dem Moment, als ich mich von ihr löse, drückt sie mein Gesicht mit beiden Händen kräftig in ihren Schambereich. »WICHTIGE Mission«, flucht sie und piekst mir mit der nicht lutschbaren Seite ihres Lollis in meine weiche, wohlgepflegte Rückenhaut. Die Flucht nach oben scheint nicht mehr möglich, völlig ausgeschlossen, zu stark ist sie, aber auch die Angstschreie von *Auto* werden immer lauter. Ich befinde mich in einer Zwickmühle aus Schenkel und Reifen, betrieben von Herz und Motor. Meine einzige Möglichkeit besteht in einem Kompromiss, der die Erfüllung beider Missionen gleichzeitig gewährleistet.

Einige Minuten später trommelt mir meine Freundin auf den Rücken und schreit, dass ihr kalt sei, was daran liegt, dass ich, mit ihr im Gesicht, aufgestanden bin und, sie weiterhin leckend, zu meinem Auto gerannt bin. Ich schaffe das beides, da bin ich King. MultitasKing. Mir selbst ist auch ziemlich kalt, denn ich trage außer meinem Schlüpfer nur das »Rudi Carrell hat einfach so eines meiner T-Shirts signiert«-T-Shirt. Gerade als das Getrommel anfängt zu nerven, wird meine Freundin von einem Monsterhagelklumpen am Kopf getroffen, was sie so sehr beruhigt, dass sie einfach zusammensackt.

Zu meinem glücklichen Erstaunen geht es *Auto* gut, es war nämlich schon von alleine gegangen und hatte Schutz in einer der letzten verbliebenen Telefonzellen gesucht. Fröhlich trage ich mich und meine kleine Freundin wieder ins Bett. Meine Süße hat einen Blechschaden am Kopf, aber sie grinst mit der oberen Zahnreihe, der untere Kiefer wurde wohl vom Rest des Kopfes entfernt. »Shit«, sage ich und gehe noch einmal raus. Ich finde den Unterkiefer unter einer Kiefer, logisch, glücklicherweise relativ unversehrt. Freudig kommt er auf mich zu gehopst, als er mich als den Mann erkennt, dessen Mund er ständig so leidenschaftlich küsst.

Mit ein wenig Alufolie und viel Zauberei, montiere ich meiner Freundin ihren Kiefer wieder ins Gesicht, sie überprüft das Ergebnis, indem sie den Lolli in den Mund nimmt und kräftig lutscht – der Kiefer hält. Dann setzt sie sich in ein Flugzeug, steigt kurz erst in der sengenden Hitze Miamis, dann im stürmischen Klima Norwegens und zuletzt im feinen Regen Hamburgs aus – der dreiwettertaffe Kiefer hält. Während sie sich jetzt von den Strapazen der Reise in meinem Bett erholt, sitze ich am Computer und drucke auf speziellen Folien den Satz: »Hagel ist der Hitler unter den Niederschlägen«, damit ich ihn auf drei T-Shirts aufbügeln kann, einmal in S für meine Freundin, in M für mich und in XXXXXXXXL für *Auto*.

22.

Das Festzelt der Liebe

Herr und Frau Schmeier haben sich heute Morgen von jungen Bauarbeitern ein Festzelt im Garten aufbauen lassen. Die Jungen Bauarbeiter kamen mit einem Lastwagen und da es draußen sehr kalt war, musste ich ständig die Scheibe abwischen, denn mein Atem kondensierte dort und behinderte mich dabei, alles genau zu beobachten. Die Männer trugen blaue Overalls und auch, wenn ich es aus der Entfernung nicht genau sehen konnte, bin ich überzeugt, dass sie darunter trotz aller Kälte stark geschwitzt haben. Kurz habe ich mir ihren Geruch vorgestellt und wusste nicht, ob ich angeekelt oder erotisiert sein sollte, entschied mich dann aber für ein Zwischending, erotischer Ekel. Als der Lastwagen ankam war Herr Schmeier schon seit bestimmt zwei Stunden weg. Wie jeden Tag nämlich fuhr er, obwohl er schon ein alter Rentner ist, mit seinem Fahrrad zum Kleidungsgeschäft für Geschäftsmänner, um nach dem Rechten zu sehen und sich nicht nutzlos und alt zu fühlen. Als er aufbrach, aß ich gerade mein zweites Toastbrot mit Käse und beinahe hätte ich ihn verpasst, was blöd gewesen wäre, denn er ist morgens um neun das absolute Highlight in der Straße. Nicht, dass er besonders gut, ulkig oder windschnittig aussähe, aber die Regelmäßigkeit, mit der er alles immer so macht, finde ich fantastisch. Wenn Herr Schmeier dann mit dem Fahrrad um die Kurve ist und ich ihn gesehen habe, dann ist das schon Mal ein gutes Zeichen und ich kann duschen gehen, denn bis die Kinder von der Schule kommen und an meinem Haus vorbei strömen, sich gegenseitig schubsen und ihre nichtgegessenen Pausenbrote dem großen Schäferhund von Herrn Wachtel in den Garten werfen, passiert selten etwas. Heute war das natürlich etwas anderes, denn der Lastwagen hielt und die Bauarbeiter stiegen aus. Mit einem Maßband, das so groß war, wie ich noch nie ein Maßband gesehen habe, liefen sie über die Wiese im Schmeierschen Garten und stellten wohl fest, dass genügend Platz für das Zelt vorhanden sei. Dann begannen sie, einen Holzboden aus eckigen Holzplatten im Garten auszulegen. Ich stellte mir vor, wie die Bauarbeiter einen Menschenboden aus mir im Garten verlegen würden und da der Boden sehr kalt war, taten mir die Holzplatten leid. Ich glaube, so viel Mitleid für Holz hatte ich vorher noch nie verspürt, nicht mal, als ich einmal sah, wie sich ein Wildschwein an einem Baum schubberte. Selber schuld, dachte ich damals nämlich, denn ein Baum hat schließlich Äste, mit denen er das Wildschwein einfach weghauen könnte. Eine Bodenplatte aus Holz kann das nicht, da bin ich mir sicher.

Dass die Bauarbeiter zu viert waren, war sehr sinnvoll, denn beim Errichten des eigentlichen Zeltes konnte jeder in einer Ecke stehen und eine stählerne Stange festhalten. Vier kräftige, junge Männer mit langen Rohren aus Stahl, die gen Himmel zeigen, ein Anblick bei dem ich mein fünftes Toastbrot fast verschluckte.

Als das Zelt stand und mit Leinen und riesigen Heringen gesichert war, gingen die vier Bauarbeiter in die Wohnung von Frau Schmeier und kamen nicht mehr heraus. Unwesentlich später hielt ein zweites Fahrzeug vor dem Haus der Schmeiers. Dieses Fahrzeug war ein weißer Transporter und heraus kamen zwei weitere junge Männer, die erst mit einer Sackkarre eine Stahlplatte in den Garten brachten und dann einen großen Gasgrill darauf stellten. Auch die beiden verschwanden danach im Haus. Nun vergingen etwa zehn Minuten, bis die alte Frau Schmeier aus dem Haus kam, in Richtung meines Hauses ging und bei mir klingelte. Wenn ich mich recht erinnere, dann hat Frau Schmeier noch nie bei mir geklingelt. Natürlich haben wir uns dann und wann unterhalten, zum Beispiel wenn sie gerade mal den Rasen mähte und ich vom Bäcker kam, aber direkt das Gespräch hat sie noch nie gesucht. Ich ging die Treppen runter und öffnete ihr die Tür, die Eishockeymaske nahm ich ab, damit ich sie nicht verschreckte, den Fahrradhelm allerdings behielt ich auf dem Kopf.

»Frau Nachbarin«, schrie ich so laut, dass man es noch im Nachbarort hören konnte.

Sie lächelte, griff nach meiner Hand und bedeutete mir, ihr zu folgen. Ich tat es und fühlte mich, als wäre ich ein treudoofer Dackel, der einer alten Frau hinterher läuft, nur weil er es nicht besser weiß und da uns auf dem kurzen Weg eine mir unbekannte Person begegnete, bellte ich diese an, zudem pinkelte ich hastig an die Birke, um klarzustellen, dass sie mir gehörte.

In Frau Schmeiers Wohnzimmer saßen sehr entspannt, schweigend und tot die vier Zeltbauer und die zwei Grilllieferanten. Es wunderte mich nicht besonders, denn jeder Mensch stirbt irgendwann, warum nicht auch Zeltbauer und Grilllieferanten, ein bisschen freute ich mich sogar, denn ich kannte die Leute ja gar nicht. Es ist viel schlimmer, wenn jemand stirbt, den man kennt. Frau Schmeier schaute mich dann eine Weile an, ich denke, sie wollte in meinen Augen nachschauen, ob sie mir vertrauen könne und ich legte mein bestes Pokerface auf.

»Sie haben aber schöne Margeriten dort auf der Fensterbank«, sagte ich, ohne es so zu meinen. Die Margeriten waren hässlich. Halb verwelkt ließen sie ihre weißgelben Köpfe in Richtung Boden hängen und sowieso sind Margeriten die hässlichsten Blumen auf der Welt.

»Danke, Jörn«, antwortete sie und leckte an den roten Borsten eines frisch ausgepackten Besens, eine Geste, die mir Mut machte. Ohne Umschweife kam sie zum Punkt:

»Jörn, es ist so. Meine Rente ist klein, die Miete für das Haus sehr hoch. Mein Mann und ich sind beide krank. Morgen haben wir unsere goldene Hochzeit und die wollten wir noch einmal richtig feiern, weil wir uns immer noch so lieben. Ohne Geld kein Zelt und ohne Knete keine Pastete. Hilfst du mir also beim Filetieren dieser jungen Dienstburschen«, fragte sie und biss einmal in den Besenstiel, dass ihre Zähne nur so knackten.

Was wir dann in der nächsten Stunde gemacht haben, kann man sich vorstellen. Zum morgigen Fest bin ich zwar nicht eingeladen, aber ich habe ja das Fenster und einen wirklich fantastischen Ausblick auf den Grill. Liebe muss etwas Wunderschönes sein, denke ich, und setze die Eishockeymaske wieder auf mein Gesicht.

23.

Kissenschlacht

Also Gießkannen habe ich vier. Eine ist in diesem klassischen Gießkannengrün, eine ist gelb mit einem roten Streifen, eine kommt im modischen Azurblau daher und die vierte ist auch klassisch grün, hat aber schwarzes Klebeband am Henkel, damit ich sie von der anderen grünen unterscheiden kann. Heftig, oder? Vier Gießkannen. In allen Gießkannen ist in erster Linie mal Wasser als Grundsubstanz, aber immer ein bisschen anders. In der ganz grünen ist das normalste Wasser, denn es ist ganz normal. Die gelbe Kanne, die ziemlich cool aussieht, hat noch so einen Dünger drin, der extra für meine Kräuter und den Hibiskus ist. Die Kräuter werden dann besonders gesund und der Hibiskus knallt dann superheftig in die Luft. Das Wasser in der blauen Kanne ist ziemlich verrückt, denn es wurde zum Brauen benutzt und ist deswegen Bier. Das Bier bekommen meine Pflanzen nicht, denn das muss ich selber trinken, sonst machen meine Blumen nämlich nicht so viel Spaß. Die vierte Gießkanne ist meine Toilette, das ist wichtig, denn wenn ich mich und die Pflanzen gieße, dann vergesse ich die Zeit. Am Anfang hatte ich noch einen kleinen Baum, aber nur so lange, bis er größer war als ich, dann habe ich ihn auf einem Autobahnrastplatz ausgesetzt, wo er seither Feinstaub und den Kohlemist aus der Luft filtert. Spaten habe ich nur zwei. Einer ist von Gardena und doof, der andere ist von Fiskars und hat einen Wikinger drauf. Ich wäre gerne der Wikinger auf meinem Spaten, das wäre ein Leben. Immer nur aus Holz, wie ein Baum, nur lackiert und mit Stahl unten. Mein Garten ist mein eines Hobby, mein anderes sind Fotos von Erdbeeren aus Zeitschriften. Früher habe ich sie nur ausgeschnitten und in ein Album geklebt, heute streichle ich sie vorher noch. Das doofe an Bildern in Zeitschriften ist, dass sie sich, wenn man sie streichelt, meistens alle gleich anfühlen, nämlich nach Zeitschriftenpapier. So, das sind meine Hobbies. Beruflich putze ich Putze von verputzten Häusern mit Chemikalien und Hochdruckreinigern. Am schwierigsten ist das, wenn da mal Efeu hochgewachsen war, das ist so nervig, denn die Efeuhände hängen dann da alle noch und sehen blöd aus. Manchmal muss man da mit der Zange beigehen und hat dann das Gefühl, Leichenteile nach einer Bombenexplosion von einer Wand zu kratzen.

Haben Sie mal eine Kissenschlacht gemacht, aber die Kissen waren nicht gefüllt mit Federn, sondern mit Schrauben und Babys? Vermutlich nicht, so eine Situation ergibt sich ja auch normalerweise nicht, denn wer bitte tut Schrauben in ein Kissen? Naja, wie ich da jetzt drauf komme?

Also, in der Schrebergartensiedlung, wo ich meine Blumen, die Kräuter, die Spaten, die Gießkannen und den Hibiskus habe, da gibt es diesen einen Mann. Er sagt, er heiße Bernhard Knallmappe und die Verwaltung der Schrebergartensiedlung, also der Gartenvereinsvorstand, hat mir das auch soweit bestätigt. Und ich glaube, dass der Herr Knallmappe nicht ganz richtig ist, so insgesamt. Er redet gleichzeitig unglaublich viel und unglaublich langsam, eigentlich immer. Es ist ja verboten, in der Schrebergartensiedlung zu schlafen, was ja sehr schade ist, weil ich gerne noch mehr Zeit mit meinen Pflanzen verbringen würde, obwohl es doch ein bisschen okay ist, denn es gibt da ja keine Dusche und dann müsste ich ungeduscht oder nur mit Pflanzenwasser geduscht zur Arbeit, was keinen guten Eindruck macht, wenn mal als Reiniger von Putzen nicht richtig geputzt zum Putzen kommt, aber am Wochenende, wenn am nächsten Tag frei ist, also da würde ich wirklich supergerne mal eine Nacht mit den Pflanzen verbringen um zu gucken, was die Pflanzen machen, wenn es dunkel ist, naja, aber es ist eben verboten, doch ich glaube, dass der Herr Knallmappe, also, das glaube ich wirklich, dass der manchmal in der Gartensiedlung schläft, wenn nicht sogar immer.

Und also das, das geht nun wirklich nicht, denn wer weiß, was der da macht, wenn den keiner sieht. Und da dachte ich natürlich, dass der bestimmt eine Kissenschlacht macht, aber nicht mit Federn im Kissen, sondern mit Schrauben und Babys.

Vor drei Tagen waren dann auch die Leute von der Polizei endlich mal da, ich weiß gar nicht, wie oft ich die anrufen musste, damit die mal reagieren. Alles hochgewachsene, drahtige Jungs waren das, bei uns in der Gartensiedlung, und die haben dann mal mit Herrn Knallmappe geredet, sind dann aber ohne ihn wieder gefahren, weswegen ich die Sache jetzt mal selbst in die Hand genommen habe.

Wissen Sie, wie hoch der Druck eines Hochdruckreinigers werden kann? Hoch nämlich. Und wenn man die Düse direkt am Auge einer Person ansetzt und dann losballert, das ist bestimmt nicht gut. Und das dann zweimal nacheinander mit zwei verschiedenen Augen, dann sieht es ganz schön schwarz aus, möchte ich meinen.

Stellen Sie sich vor, Sie wollten eine Kissenschlacht machen, aber nicht mit Federn im Kissen, sondern mit Schrauben und Babys, und Sie wollten das vorbereiten, könnten aber die Schrauben und die Babys nicht finden, weil Sie blind wären. Wie fühlt sich das an? Und jetzt sind Sie in einer solchen Situation und Sie würden auf allen Vieren über den Boden kriechen, richtig auf der Suche, und dann stünde da einer und der Typ hätte genauso viele Spaten, wie Sie Hände und der Typ wäre eigentlich ein ganz ruhiger Mensch, aber nun nicht gerade gut auf Sie zu sprechen. Und kurz darauf hätte der Typ dann plötzlich zwei Spaten mehr als Sie Hände, ein kleiner Zaubertrick, Hokuspokus, Hack-Hack.

Kein so schönes Gedankenspiel, oder? Und was würden Sie dann der Polizei sagen? Ohne Zunge?

Ist natürlich nur ein Gedankenspiel, habe ich natürlich alles nicht gemacht, schließlich darf ich den Hochdruckreiniger gar nicht für private Zwecke benutzen, da hätte mein Chef ein ziemliches Problem mit. Ich habe natürlich keine eigene Firma, wo denken Sie hin? Da bräuchte man ja Startkapital für und wer gibt einem ehemaligem Häftling schon einen Kredit? Nur weil ich das einmal gemacht habe. Weil ich wissen wollte, wie sich das anfühlt mit der Kissenschlacht. Aber dass das schlecht ist, habe ich ja gelernt. Und Herrn Knallmappe werde ich das auch noch beibringen, ganz sicher irgendwie.

24.

Das Date mit einer sehr erfolgreichen Frau

Neulich hatte ich ein Date mit einer sehr erfolgreichen Frau, was mich dazu veranlasste, mit einem breiten Grinsen aufzuwachen. Ich zog nur die besten Klamotten an und benutzte, anstatt wie sonst Benzin, ein markantes Parfüm, welches ich selbst kreiert hatte. Es bestand zu einem Teil aus dem Fett, welches Biber absondern, um ihren Pelz wasserdicht zu machen, dann etwas Zitronenmelisse, Rosenwasser, Apfelwein, Evian-Mineralwasser, drei Teelöffeln Fondor abgerundet mit Kaliumpermanganat, guter Butter und drei Eiern. Ich nannte das Zeug Bibär-Hollandaise und der Geruch, der selbst bei geschlossenem Deckel aus dem Flakon drang, erinnerte an einen langen Spaziergang durch die Eifel, während man von Bären, Büffeln und Belgiern beobachtet wird. Mit diesem Geruch wollte ich bei der erfolgreichen Frau den Instikt, beschützt werden zu wollen, wecken. Damit meine Haut für das Treffen schön zart wäre, nahm ich einen fulminant großen, blauen Müllsack, den ich mit reinstem Babyöl füllte und in dem ich mich dann die Nacht über marinierte. Als ich dann die Klamotten anhatte und gut roch, steckte ich zur Sicherheit noch den Revolver ein, denn die Kombination aus Möglichkeit und Fähigkeit, diesen benutzen zu können, steigert das Selbstbewusstsein, was erfolgreichen Frauen schmeichelt. So ausgestattet ging ich dann los. Als ich den Bus, der zum Treffpunkt fuhr, betrat, schoss ich ein paarmal in die Decke, um mir die Aufmerksamkeit aller anwesenden Personen zu sichern und sagte dann laut: »Liebe Mitreisende! Ich möchte Sie jetzt bitten ihre Mobiltelefone auszuschalten, denn ich habe jetzt ein Date mit einer erfolgreichen Frau und von ihrem Gequatsche lasse ich mir jetzt nicht die Stimmung ruinieren, verdammt!«

Ein paar ältere Leute applaudierten, die anderen hatten Kopfhörer im Ohr und sabberten. Ich nahm erst ein, dann ein weiteres, minziges Kaugummi zu mir, strich mir den Staub, der von der Decke des Busses gerieselt war, von den Schultern und bat dann eine junge Mutter aufzustehen und ihr T-Shirt anzuheben. Als ich ihren Bauch betrachtete, beschloss ich, der erfolgreichen Frau fürs erste kein Kind zu machen, um derart abartige Streifen zu vermeiden. Im selben Moment fuhr der Bus schon in das Café hinein, in dem die erfolgreiche Frau bereits saß, an ihrem Laptop herum tippte, eine Weißwurst zuzelte und am grauen Burgunder nippte. Der Busfahrer hielt genau neben ihrem Tisch, dann fragte er mich mit erwartungsvoller Stimme, ob das die erfolgreiche Frau sei. Da ich stolz bejahte, wünschte er mir viel Glück, hängte mir einen Blumenkranz um die Schulter und schenkte mir ein

Lächeln, bei dem sein Goldzahn nur so glänzte. Im Café spielten sie die beste Musik der Welt, trotzdem verlief das Date nur mittelmäßig. Die erfolgreiche Frau und ich stritten erst über den Ursprung der Weltwirtschaftskrise, wobei ich der Meinung war, dass einfach das Prinzip Zins und Zinseszins eine viel zu geringe Halbwertszeit habe und generell unfair sei, weil Schulden entstünden, für die kein realer Gegenwert existiere. Ihr Standpunkt war, dass einfach die Arbeitslosen zu faul sind. Im weiteren Verlauf zeigte sie keinen Humor für meine Witze über die FPD und ich konnte nicht so recht über ihre, wie sie sie nannte, *Negerwitze* lachen. Trotzdem war der Tag noch ganz in Ordnung, denn als ich am Abend die Post öffnete, war da ein Brief von der Stadt Hamburg, in dem ich beauftragt wurde, für Unmengen Geld eine große Philharmonie an das Elbufer zu bauen. Jetzt bin ich ein erfolgreicher Mann. Bleibt nur zu hoffen, dass sich jetzt auch Frauen für mich marinieren.

Vier Monate später:

Es haben sich jetzt die ersten Frauen für mich mariniert und ich muss sagen, ich bin mehr als zufrieden. Die erste war mariniert in Honig-Senf. Sie sagte, sie würde eigentlich im Sägewerk arbeiten. Als ich sie dort mit einem Blumenbukett überraschen wollte, wurde mir vom dortigen Chef gesagt, dass diese Frau dort gar nicht arbeite. Als ich herausfand, dass sie in Wirklichkeit selbst erfolgreich war, ließ ich sie fallen. Die nächste Frau war mariniert mit Lebertran und etwas Dill.

Ich glaube, ich werde bekloppt.

Zwei Monate später:

Ich habe jetzt keinen Erfolg mehr, weil das mit der Philharmonie einfach nicht klappen will, weswegen ich mich jetzt selbst wieder mariniere. Zwischenzeitlich ist mir die größte Unfairness in unserem Gesellschaftssystem aufgegangen:

Zwar ist es so, dass Männer bei gleicher Arbeit ein höheres Einkommen haben als Frauen und zudem bessere Chancen auf Führungspositionen, aber das ist okay. Schlimm und mächtig unfair ist es hingegen, dass es dadurch für Frauen viel leichter ist, sich in den Wohlstand hineinzuheiraten als für Männer. Ich bin ein Mann.

Sieben Wochen später:

Ich habe eine erfolgreiche Frau erfolgreich geheiratet. Sie gibt den Ton an und mir Taschengeld. Wenn sie mich mit zum Firmenessen nimmt, muss ich immer gut aussehen und darf nichts Blödes sagen. Letzteres fällt mir schwer.

Neun Wochen später:

Meine Frau wollte sich ihren Bauch nicht mit Streifen ruinieren, darum hat sie mir in einer Spezialklinik für merkwürdige Sonderwünsche Eileiter und eine Gebärmutter einpflanzen lassen. Dann hat sie einen attraktiven Dänen einfliegen lassen, um mich zu schwängern, damit unsere Kinder besonders fein werden. Jetzt habe ich große Angst vor dem Gebären.

Zwei Monate später:

Meine Frau hat keinen Erfolg mehr und ist mit einem attraktiven Dänen durchgebrannt. Ich hasse die Welt. Wenn ich nicht das Wunder des Lebens in mir tragen würde, dann brächte ich mich um. Ich weiß nicht, was jetzt kommen wird. Ich habe Angst.

Acht Monate später:

Ich habe durchgehalten und das Kind zur Welt gebracht. Es ist wirklich ein gesunder, attraktiver Bursche. Ein Belgischer Bischof machte mir ein unmoralisches Angebot und bot mir für eine Nacht mit dem Kind mehrere hunderttausend Euros an. Natürlich habe ich abgelehnt.

Im Endeffekt kann ich sagen, bin ich ein erfolgreicher Mann, denn ich habe es geschafft, in der neoliberalen Doktrin unserer Zeit meinen eigenen, unkonventionellen Weg zu gehen, ohne mich den Funktionsweisen der Marktwirtschaft zu beugen.

25.

Wie ein Protagonist von mir versucht herauszufinden, was er wählen soll und ihm dann ein Arm abfällt

Ich sitze auf den Stufen vor dem Rathaus, esse Brause-UFOs aus meiner Schlickertüte für zwei Mark und warte auf den Herrn Oberbürgermeister, ich habe da nämlich ein paar Fragen.

Als guter Demokrat ist es schließlich wichtig zu wissen, was man wählt, wenn man schon mal die Wahl hat, und da sollte man sich doch informieren. Schließlich zeigen Wahlplakate immer nur das in Fleisch geflexte Grinsen eines Wahlkandidaten, auf die inneren Wertevorstellungen wird nur wenig bis gar nicht eingegangen. Für unseren Herrn Oberbürgermeister habe ich also einen cleveren Fragekatalog zusammengestellt, dessen ehrliche Beantwortung ich mir erhoffe.

Meine erste Frage auf dem im Copyshop ausgedruckten DIN-A4-Zettel ist, ob er *World of Warcraft* spiele. Diese

Frage ist deswegen die erste, da sie mir besonders wichtig erscheint. Ich selbst spiele sehr viel *WoW* und halte mich zudem für einen guten Menschen und ich glaube, dass es da einen unmittelbaren Zusammenhang gibt. Wenn der Bürgermeister also auch *WoW* spielt, dann wäre er mir direkt ein bisschen sympathischer.

Frage eins b) und c) frage ich nur, wenn der Herr Oberbürgermeister auf die erste Frage mit *Ja* antwortet, denn dann möchte ich erstens wissen, ob er auf der Seite der Horde oder auf der Seite der Allianz steht und zweitens, welchen Level er hat. Ist der Herr Oberbürgermeister auf der Seite der grobschlächtigen Orkse, dann werde ich ihn definitiv nicht wählen können, denn ich selbst bin ein filigraner Himmelself mit massig Wuschelperlen im Haar. Einen Ork zu unterstützen, käme für mich nicht in Frage. Ist der Herr Oberbürgermeister also in der Allianz, dann stehen seine Wahlchancen sehr gut, wenn er dann noch Level achtzig ist, lade ich ihn eventuell noch in meinen Clan ein.

Meine zweite Frage ist sehr einfach formuliert, aber deswegen nicht minder clever als die vorangegangenen. Sie lautet: »Was kannst du eigentlich?« Diese Frage ist ebenfalls sehr wichtig, denn wenn er gar nichts kann, dann wahrscheinlich auch nicht ordentlich oberbürgermeistern. Am liebsten hätte ich einen Herrn Oberbürgermeister, der so viel kann wie Kaisernatron. Kaisernatron ist mein Lieblingsprodukt auf der ganzen Welt, denn es kann mehr als fast alle anderen Produkte, obwohl es nur ein Pulver ist. Man kann es als Backtriebmittel für einen Kuchen benutzen, es hilft gegen Sodbrennen, man kann damit Limonade machen, sein Silber putzen, Gerüche entfernen, Wasser enthärten, Vollbäder nehmen und, und, und. Von einem Herrn Oberbürgermeister erwarte ich das im Prinzip auch.

Ich will in ihm baden können, quasi. Ich möchte ihn in einen Kuchenteig einrühren können und er soll dann dafür sorgen, dass der ordentlich aufgeht, er soll sich mein Leitungswasser durch die Hände laufen lassen und das Wasser soll daraufhin sehr weich sein und er soll all das ohne viel Aufhebens machen, eben wie Kaisernatron. Wenn er das nicht kann und er auch kein *WoW* spielt, dann werde ich ihn nicht wählen, denke ich, und schiebe mir ein weiteres Brause-UFO in den Mund. Es ist mittlerweile viertel vor acht und der Herr Oberbürgermeister ist immer noch nicht da, was mir Zeit gibt, meine doch sehr ausführliche Liste noch um weitere Fragen zu erweitern. Da sich nun aber kein Stift in meiner Nähe befindet und Mama mir verboten hat, mit meinem Zahnfleischbluten-Blut zu schreiben, haue ich mir lange und ausgiebig auf die Nase. Von Nasenbluten-Blut hat Mama nämlich nichts gesagt. Eine Frau findet mich merkwürdig und starrt mich ausgiebig an, zu ausgiebig. Nicht mehr auf ihr Umfeld achtend, fährt sie ihren Kinderwagen gegen eine Wand. Im Kinderwagen fängt ein Kind an zu schreien und meine Nase fängt endlich an, köstliche, rote Naturtinte auszuspritzen. »Nasenblut schreibt Worte gut«, sinniere ich leise in den frühen Morgen, doch da ist der Quell auch schon wieder versiegt. Die Frau hat unterdes ihr Kind auf den Arm genommen, um es zu trösten. Zu meiner Freude sehe ich, dass das Kind durch den Aufprall aus der Nase blutet. »Oh! Kann ich mir das borgen«, frage ich die Frau freundlich. Sie scheint kein *WoW* zu spielen und ist dementsprechend unhöflich, straft mich mit Schweigen und zieht von dannen. Auf der anderen Seite öffnet ein Gemüseladen seine Pforten. »Rote Beete«, denke ich, und, dass man damit schreiben kann, also gehe ich rüber. »Hallo

Herr Gemüsekerl«, trillere ich nett. Er trägt eine Schürze um den Bauch, ist etwas dicklich, sieht aber gesund aus. Wie sollte er auch nicht gesund aussehen, wenn er den ganzen verdammten Tag über Pflegetipps von Gemüse bekommt. Ich würde mich auch mehr pflegen und eventuell meine Haare entfetten, wenn ich den ganzen Tag mit Gemüse abhängen müsste. So aber reicht es mir, wenn mein Himmelself massig Perlen hat, den sehen sowieso mehr Leute als mich im echten Leben.

Der Gemüsekerl mustert mich wie einer, der gerne mal jemanden mustert, nämlich lange und durchdringend. »Du siehst aber gar nicht gesund aus, junger Mann! Du bist ganz blass und voll klein mit deinen fettigen Haaren, junger Mann! Du brauchst Gemöse! GEMÖÖÖÖSE«, empfiehlt der Gemüsemann und bewirft mich mit aller Hand Karotten, Auberginen, Pastinaken und Chicorée. Er scheint seinen Beruf sehr ernst zu nehmen, was ich für eine gute Eigenschaft halte. Ich nehme mir vor, den Herrn Oberbürgermeister definitiv zu fragen, ob er seinen Job auch sehr ernst nimmt, dann wird es langsam dunkel, denn ich bin unter einem Gemüseberg begraben. Unvermittelt fällt mir mein linker Arm ab, was mich als Rechtshänder nur bedingt stört. Ich futtere mich aus dem Berg heraus und fühle mich schon wesentlich gesünder, wenn ich noch beide Arme hätte, würde ich jetzt einen Baum ausreißen. »Danke, Herr Gemüsemann, Sie haben mir sehr geholfen«, sage ich dem Herrn Gemüsemann und überfliege mit den Augen das Szenario, um meinen Arm zu finden. Vielleicht lässt sich da ja mit Pattex noch was machen. »Ich bin nicht der Gemösemann! Ich bin der Herr Oberbürgermeister«, sagt der vermeintliche Gemüsemann. Mein Kopf schüttelt mich ungläubig. »Wirklich?«, frage ich. »Ja«, sagt er und zeigt mir seinen Oberbürgermeisterarbeitsvertrag. Wie gut, denke ich, und stelle ihm meine Fragen.

Nachdem er mir auf alle geantwortet hat, bin ich mir sicher, ihn nicht mehr zu wählen. Nicht, weil er mir unsympathisch wäre, sondern einfach, weil ich mich umbringen werde, denn, wie ich festgestellt habe, ist es mir nicht möglich, mit nur einem Arm *WoW* zu spielen.

26.

Freundschaftliches Pflegen ganz weit unten

Wilhelm war ein Typ, den ich eher einen Bekannten nannte, auch wenn er sich lieber als guter Freund verstanden wissen wollte und meist alles dafür tat, ganz besonders gut dazustehen. Wir arbeiteten zusammen in einer kleinen, blauen Tankstelle, wo ich für die Kasse und er für die Bistroprodukte zuständig war, weswegen ich ihn, wenn ich über ihn rede, meist Brötchenwilli nenne. An Brötchenwilli gab es viele Dinge, die mir absolut nicht behagten, das fing schon mit seinem Äußeren an, denn er pflegte sich wie bekloppt. Seine blonden Haare waren stets auf einer exakten Länge, perfekt gescheitelt und gegelt und selbst der bravste Delphin konnte nicht so zahm sein wie Wilhelms Bartwuchs. Seine Zähne waren so gerade wie weiß und man konnte sich immer vorstellen, per Beamer einen Disney-Film darauf zu projizieren. Wenn er neue Leute kennenlernte, sagte er stets, dass er Wilhelm heiße, man ihn aber auch gerne Will nennen könne, Will, wie den Schauspieler, Bruce Willis, und dann riss er sein Grinsen weit und breit auf. Immer wenn ich das miterleben musste, und das war in der Zeit, in der wir zusammen arbeiteten sehr oft, denn Wilhelm stellte sich andauern irgendwelchen ahnungslosen Kundinnen und Kunden vor, sobald diese auch nur den leisesten Anflug von Freundlichkeit zeigten, ja, immer dann wünschte ich mir, seine Lippen mit einem Reißverschluss verschließen zu können. Oder mit einem Tacker. Oder Nadel und Faden. Oder Sekundenkleber. Irgendwas Dauerhaftes und Effektives jedenfalls.

Ich habe an sich kein generelles Problem mit Hygiene und kann es selbst auch nicht gut leiden, wenn sich zum Beispiel eine Bitch krass gehen lässt, aber man kann alles übertreiben.

Was Brötchenwillis Kleidungsstil betrifft, kann ich nur glücklich sein, dass wir auf der Arbeit die tankstelleneigenen Hemden und Hosen tragen mussten. Scheiß egal, wie dämlich ich mir darin manchmal vorkam, Wilhelm eine Achtstundenschicht in seiner Straßenkleidung zu sehen, hätte mindestens an Körperverletzung gegrenzt. Wo soll ich da bei der Beschreibung anfangen? Vielleicht bei der größten Augenbeleidigung, die aus seinen T-Shirts bestand, welche immer mit zweckentfremdeten Wesen aus der asiatischen Mythologie bedruckt sowie mit irgendwelchen Glitzersteinchen vervollständigt waren. Diese T-Shirts steckte er immer in eine seiner vielen, völlig ausgewaschen gekauften Jeans, die an der Stelle, an der sie den Arsch beinhalteten, großspurig bedruckt waren – und da man Wilhelm insgesamt als Arsch bezeichnen könnte, war das in etwa überall auf der Hose. Die Hosen wurden gehalten von verschiedenen Gürteln in verschiedenen Farben, die sich alle nur darin einig waren, dass das Gewicht der Schnalle in jedem Fall mit dem Gewicht des Trägers konkurrieren muss. Sie machten immer den Anschein, als wäre für sie mindestens ein Kubikmeter Stahl verarbeitet worden, ja fast, als hätte Gimli von Moria sie selbst mit seinem gigantischen Hammer aus einem Klotz Edelstahl gehauen und danach einem Elben gegeben, damit dieser sie mit allerlei kitschigem Elben-Ramsch verzieren könne.

Dass Wilhelm Schmuck trug, versteht sich von selbst. Nebst einem Ohrring in seinem linken Ohr, trug er immer eine Goldkette und an vier seiner Finger trug er falschgoldene Ringe. Ich verstehe den Sinn von Schmuck nicht. Natürlich verstehe ich es, wenn ein rumtrunkener Seefahrer sich einen dicken, goldenen Ring um den Mittelfinger macht, damit davon, sollte er dereinst schiffbrüchig und tot auf einer fremden Insel angeschwemmt werden, sein Begräbnis bezahlt werden kann – aber das Gold ist dann echt und erfüllt einen Sinn. Was Wilhelm mit der Beglitzerung seiner Körperperipherie bezwecken wollte, ist für mich mit Zweifeln behaftet.

Nun sei nochmal der glückliche Umstand erwähnt, dass wir die Uniform der Tankstellenkette zu tragen hatten, denn diese war langärmlig und verbarg so die zwei jämmerlichen Tätowierungen, die Wilhelm wohl dereinst als gute Idee empfunden hatte. Die Hautbemalung seines linken Armes zeigte einen Kobold, der in eine Schatzkiste kackte und verschämt aus seinem Arm herausschaute. Innerhalb dieser Tätowierung verstand ich die Schatzkiste immer als Metapher für Wilhelms Kopf und den Kobold als Sinnbild für einen Kobold, denn nur, wenn dir ein Kobold in den Kopf geschissen hat, kannst du wirklich davon ausgehen, dass es gut ist, sich so etwas tätowieren zu lassen.

Schlimmer noch war die Tätowierung, die seines rechten Armes Haut versaute, denn es war das Bild eines bunten Einhornes und da muss ich gar nicht mehr zu sagen. Ein buntes Einhorn eben. Fick mein Leben saukrass. Sollte ich mal irgendein schlimmes Verbrechen planen und das FBI würde davon Wind bekommen – es käme zu einer Verhaftung und ich würde verhört werden – ich schwöre, ich würde so lange schweigen und jede Foltermethode wäre erfolglos, bis man mir damit drohen würde, mir ein buntes Einhorn zu tätowieren.

Brötchenwillis Wohnung habe ich nur einmal gesehen. Es war im Winter 2008, der für einen deutschen Winter zeitweise wirklich hart war. Mir war damals der Motor meines VW Polos abgeschmiert, die Kälte hatte ihm zugesetzt. Zu meinem Pech hatte der ADAC aufgrund der chaotischen Verkehrslage zu viel zu tun, als sich auch noch um meines Motors Wehwehchen zu kümmern und da Wilhelm direkt gegenüber der Tankstelle wohnte, bot er mir an, die Nacht bei ihm zu verbringen. Hätte ich damals doch um Himmels willen ein Taxi gerufen, mein Leben wäre jetzt ein besseres.

In Wilhelms Wohnung musste ich die Schuhe ausziehen, was, finde ich, total klar geht. Dann aber bot er mir Gäste-Hausschuhe an und kicherte dabei, vielleicht vor Hohn, vielleicht aber auch, weil er dachte, er könne mich jetzt erniedrigen. Die Pantoffeln hatten die Form von Bärentatzen, außerdem waren in ihnen kleine Lautsprecher verbaut, die immer törichte Trampel-Geräusche von sich gaben, wenn man mit dem Schuh auftrat, was ich wusste, da ich sie zuvor mal in einem Ramschladen gesehen und für eines der dümmsten Produkte der Welt erklärt hatte. Als Wilhelm mir diese Schuhe hinhielt, schaute ich ihn an, wie man jemanden anschaut, für dessen körperliche Unversehrtheit man sich in den nächsten zehn Minuten nicht unbedingt verbürgen möchte und zu meiner Irritation verstand Wilhelm dieses Signal und reichte mir zwei schlichte Slipper. Das Innere seiner Wohnung, die ich dann betrat, wirkte, als wäre das uneheliche Kind einer Nanu-Naja- und einer Boys'R'Us-Filiale heftig von einem 1-Euro-Shop vergewaltig worden. Ich steuerte das Klo an, kniete mich auf einen Toilettenteppich im Pinguin-Design und kotzte neben einer besternten Klobürste und beleuchtet von zwei mondförmigen Plastiklampen durch eine mit blauer Flüssigkeit und Ramsch gefüllte Toilettenbrille.

Etwa nach dem dritten Schwall, der sich aus meinem Hals ergoss, öffnete sich die Tür. Es war Wilhelm und er trug einen blauen Schlafanzug mit Superman-Zeichen auf der Brust. »Willst du auch einen Kaukau bevor du Bettibetti gehst?«, fragte er und zeigte diese gottverdammten Zähne. »Ich würde gerne erst noch eine Weile weiterkotzen, wenn du nichts dagegen hast«, antwortete ich und fühlte mich, als wäre ich Leonardo DiCaprio mit Kate Winslet im Arm, stehend im Wind an der Spitze der Titanic, nämlich: als müsse ich in Kürze sterben, weil das Schiff untergeht.

»Okay«, sagte Wilhelm und fragte dann, ob wir uns nicht gegenseitig die Fußnägel schneiden wollen. Jetzt kippte meine Emotion und zwar völlig. Was für eine geniale Idee! Es gibt viele Dinge, die ich absolut nicht leiden kann, weil sie mir die Einsamkeit jedes einzelnen Menschen vor Augen führen und dazu gehört definitiv auch das Fußnägelschneiden. Es ist notwendig und meist macht man es alleine, außer man möchte eine Pediküre-Handwerkerin dafür bezahlen. Was für eine geniale Idee, so was einfach mit Freunden zu teilen, jubilierte ich in mir, dann stand ich auf, nahm Wilhelms Kopf in die Hand und drückte ihn mit sehr viel Schwung gegen seinen Spiegel, auf dass dieser zerbrach und Splitter über die Fliesen stoben. Länger als eine halbe Stunde lag Wilhelm bewusstlos im reflektierenden Mosaik auf seinem Badezimmerfußboden, während ich seine Wohnung aufräumte und alles, was kein Gebrauchsgegenstand war, in einem großen, schwarzen Sack entsorgte und als Wilhelm dann erwachte, brannte dieser Sack schon in seiner Badewanne und wirbelte giftige, schwarze Dämpfe um sich, die mich etwas benebelten. Wilhelm ließ sich danach für eine Weile krankschreiben und als er irgendwann nach Silvesterwieder zum Dienst in der Tankstelle antrat, hatte ich längst gekündigt.

Wenn ich heute mit meinen Freunden im Kreis um meinen Wohnzimmertisch sitze und wir uns gegenseitig die Fußnägel schneiden, dann muss ich schon hin und wieder an ihn denken, aber vermissen tue ich ihn nicht.

27.

Käs' Sera Sera

Ein Vogel wollte Hochzeit machen, in dem grünen Walde. Fiderallala. Fiderallala. Fiderallalalala.

In diesem Fall war der Vogel mein Freund Macmannemannonanonymous und der grüne Wald war ein Dampfer, auf dem die Vermählungsprozedur stattfinden sollte, während sich dieser auf internationalem Gewässer befände. Nun könnte man sagen: »Oho. Eine Hochzeit. Auf einem Dampfer. Auf hoher See – wie extraordinär, du beschissener Bonzenwichser«, doch würde man damit meinem Freund Macmannemannonanonymous Unrecht tun. Die Sache ist nun mal, dass man nirgendwo anders als im rechtsfreien Raum des internationalen Gewässers einen halben Laib Käse zur Frau nehmen darf.

In Teilen Asiens darf man Puppen und Zeichnungen heiraten, in Island Robben und Wale, in Gelsenkirchen seine Schwester, in den Südstaaten der USA seine Schrotflinte und sogar ich durfte dereinst in der italienischen Schweiz den Parmaschinken heiraten, mit dem ich mittlerweile vier Söhne habe (davon drei Frikadellen und eine Wurst); aber Käse, das geht tatsächlich nur auf internationalem Gewässer – oder in Holland, aber wer will da schon heiraten. Kennengelernt hatte ich Macmannemannonanonymous in einer Selbsthilfegruppe für Menschen, die Lebensmittel lieben. Die meisten anderen in der Gruppe arbeiteten bei Edeka und begnügten sich schon damit, nach Feierabend den Geschlechtsakt mit Lebensmittel zu vollziehen, aber diese waren in Macmannemannonanonymous' und meinen Augen nur Versager, die es einfach nicht schafften, attraktiv für andere Menschen zu sein und die deswegen notgedrungen den Kürbis pürierten oder die Zucchini verschwinden ließen. Bei Macmannemannonanonymous und mir war das etwas anderes. Wir hatten wirkliche Gefühle und strebten monogame Beziehungen mit unseren Produkten an. Wir verabscheuten Fliegen, die sich auf unsere Partner setzen, machten gemeinsame Fotos vor Bauwerken und küssten uns voller Leidenschaft. Da ich meinen Schinken schon hatte zur Frau nehmen dürfen, half ich Macmannemannonanonymous bei seinen Hochzeitsvorbereitungen. Ich ging mit seinem Käse in die Stadt und ließ ihr ein unschuldig weißes Hochzeitskleid schneidern, telefonierte mit der Reederei wegen des Kurses des Dampfers, sogar eine Laudation auf das Brautpaar schrieb ich. Sie klang etwa so:

Oh Macmannemannonanonymous und Käse! Ihr duften zwei, die eine mehr, der andere weniger. Oh glücklicher Macmannemannonanonymous, so viele Löcher wie deine Emmentalerin hat sonst keine Frau. Möge eure Liebe nie durch den Magen gehen. Geil, geil, das ist alles geil!

Zur Hochzeit kamen insgesamt neun Leute. Da war natürlich das Brautpaar, dann die Eltern von Macmannemannonanonymous, nämlich Mutter Minki-Monky Macmannemannonanonymous und Vater Jewuff Chrifbuff Macmannemannonanonymous, dann der Pastor, ich und die Mutter der Braut – eine großgewachsene Alpenkuh mit müden Augen, die generell so wirkte, als vertrüge sie den Seegang nicht. Die letzten beiden waren Jackson Norbi, seines Zeichens dauerbreit und Kapitän des Dampfers, und natürlich mein Ehe-Schinken, gekleidet in einem knappen Minirock, unter dem ihr Tanga dann und wann hervorblitzte. Die kleine weiß ganz genau, was mich heiß macht, das muss man ihr lassen, auch wenn eigentlich ich sie immer anziehe.

Bis wir internationales Gewässer erreicht hatten, tranken alle Orangensaft mit Sekt oder Sekt mit Sekt, nur der Pastor trank Aperol Spritz, denn er war der erste schwule Pastor, der auch dazu stand und es nicht heimlich mit kleinen Jungs machte, sondern öffentlich während seiner Messe mit muskulösen Matrosen. Dabei schreit er *FICK MICH, JESUS* und fordert dann die Gemeinde dazu auf, Jesus nicht nur ins Herz, sondern auch in den After zu schließen. Ich gebe zu, dass das obszön klingt, aber finde mal einen Pastor, der dich mit einem Käse verheiratet. Da muss man dann irgendwo Abstriche machen.

Nach vier Stunden Fahrt bei zweiunddreißig Knoten in Richtung Nord/Nordwest, hatten wir dieses internationale Gewässer erreicht, von dem immer alle reden. Der Pastor begann mit der Prozedur und sagte, was so ein Pastor bei so einer Prozedur eben so sagt. Dann sagte Macmannemannonanonymous sein Ja-Wort und steckte seinem Ehe-Käse einen Ring in den butterschmelzigen Körper. Sie küssten sich und der Kapitän legte die romantischste CD mit Gabber-Musik auf, die es gibt, nämlich *Thunderdome 17* mit der Gabber-Version von Elton Johns *Can you feel the love tonight*. Dann wurde wild getanzt und das Buffet eröffnet.

Es gab Rindsgulasch, was die Mutter der Braut in Rage brachte. Sie beschwerte sich umgehend bei der Reiseleitung über das Essen und die Muh-sik. Zur Beruhigung wurde sie vom Kapitän gemolken und Macmannemannonanonymous begrüßte seine neue Schwägerin *Milch* mit einer herzlichen Umarmung, bei der diese sich in seinem Jackett festsog.

Als das Schiff auf einen Eisberg fuhr, war die Party vorbei. Außer mir ertranken alle und es ist mir ein bisschen peinlich zu sagen, dass ich dem Tod nur entrinnen konnte, indem ich die Braut aß und aus ihrer Rinde ein Floß fertigte, welches mich sicher nach Panama brachte, wo ich einen Tiger und einen Bären traf, die es dort sehr schön fanden.

28.

Örbaneshnizzle

Es ist acht Uhr und das bedeutet seit Neustem: Aufstehen. Aufstehen, denn Opa ist tot und ich war der einzige Erbe. Jetzt gehört der ganze Hof mir, ganz alleine, und da muss ich mich ganz schön umgewöhnen. Ich habe immerhin dreißig Jahre in Greven gewohnt, bin also ein richtiger Großstadtmensch, ein Metropolenmann, ein Kosmopolit aus dem Bahnhofsviertel, ein echter Globetrotter. Denn nicht nur habe ich in Greven gelebt, ich habe sogar in Steinfurt gearbeitet, richtig mit Pendeln, täglich zweimal fünfzig Minuten. Und dann von vierzehn bis siebzehn Uhr drei Stunden putzen, mit allen Schikanen, Lappen, Wasser und Wasserlappen, alle Regale feucht abgewischt, für acht Mark die Stunde, super Job. Man konnte immer Kackpappe klauen und ungarische Bartwichse, alles, was ein moderner Großstädter wie ich benötigt.

Dann ging die verdammte Drogeriemarktkette beinahe pleite und musste sparen. Ich wurde durch einen kostengünstigen Hund ersetzt, der fortan die Regale mit seiner langen Zunge sauber schlabberte. Wenn ich ehrlich bin, macht er den Job ein bisschen besser als ich, zudem passt sein Schlecken besser zum Namen der Drogeriemarktkette, den ich nicht nennen darf. Anstatt nun aber in Hoffnungslosigkeit und Hartz IV zu versinken, grub ich auf dem Bauernhof meines Opas eine Grube und lockte ihn mit einem Pornoheft aus seiner Lieblingsserie hinein. Die Grube war nur zwanzig Zentimeter tief, aber bei Opas porösen Knochen reichte das zum Glück vollkommen und ich erbte den Hof.

Mit mir aufs Land gezogen ist meine Freundin und ihr Wecker geht schon um viertel vor acht, damit sie ordentlich Zeit hat, um sich zu verstecken. Seit wir hier wohnen spielen wir nämlich jeden Morgen ein Stündchen Bauer sucht Frau, manchmal sogar länger, wenn sie ein besonders tolles Versteck gefunden hat. Einmal war sie im Getreidesilo und ich brauchte geschlagene drei Stunden, bis ich sie erspähte und wir jubelten laut, als ich sie dann aufgespürt hatte. Es ist gut, den Tag schon mit einem Happy End zu beginnen, ganz einfach für das Grundgefühl. Heute finde ich sie relativ schnell, denn sie kauert unter zwei Kartoffelsäcken im Hausflur, die ich schon von weitem kichern höre. Da Kartoffelsäcke nur in den seltensten Fällen kichern, ist klar, wo mein kleines Mäuschen sich hingeflauscht hat. Ich sehe erst noch eine Weile neben den Kartoffelsäcken und genieße ihr glockenhelles Freudenjauchzen, bevor ich einen der Säcke anhebe und sage: »Kuckuck!«

Wir küssen uns kurz und heftig, dann geht sie die Bullen melken und ich die Ferkel füttern. Sie grunzen freudig, als ich mit einem Sack voller Schweineessen ihren Stall betrete, einige springen sogar hoch. Den schon etwas größeren Ferkeln werfe ich leckere Futterbrocken zu, auf die sie sich hastig stürzen, dann öffne ich mein Hemd und drücke die noch ganz kleinen Ferkel an meinen Busen. Das Zwicken ist heftig, aber die Brustwarzen werden sicher nachwachsen, denke ich, als ich die blutenden Wunden mit Jod einreibe und Augenpflaster drauf klebe. Damit die kleinen Schweinchen in Zukunft nicht mehr so hart zubeißen und sich wie richtige Großstädter benehmen, sprühe ich ein Graffito an ihre Wand. Das Bild zeigt eine Kreuzung aus Miss Piggy und Kool Savas, darunter steht im fetten Gangsterstyle: »MC Piggy, ein bisschen urbanes Flair hat noch keinem geschadet.«

Jetzt sind die Schafe dran, die ich zunächst zähle. Es sind acht Stück und ich beim Zählen nicht eingeschlafen, ein gutes Omen. Ich lasse sie auf die Wiese und stelle meinen Plüschhund daneben, damit sie nicht weglaufen. Ein Schaf schnuppert interessiert an meinen Markenturnschuhen. »Tja, so was haste nich«, sage ich und gekränkt stellt sich das Schaf zurück in die Herde und frisst Gras. Vielleicht sollte man nicht so hart zu so weichen Wesen sein, denke ich und haue mir zur Strafe ein Brett gegen den Oberkörper. Es schmerzt mehr als vermutet, denn ich treffe meinen verwundeten Busen. Aus der schmerzbedingten Ohnmacht weckt mich das Lecken eines Schafes durch mein Gesicht. Entweder wollte es mir wirklich helfen, oder aber das Schaf hatte eine günstige Gelegenheit erahnt, um mir die Augen aus dem Kopf zu essen, ich werde es wohl nie erfahren.

Etwas geängstigt gehe ich zu den Hühnern, reiche ihnen erlesene Körner und nehme ihnen die vier gelegten Eier weg. Da ich als Großstadtmensch natürlich nicht wissen kann, wie man einen Gasherd bedient, brate ich sie auf dem laufenden Motor des Traktors in einer frisch abmontierten Satellitenschüssel. Es stinkt nach Diesel und meine Freundin kommt mit einem Eimer voller Milch. Frische Bullenmilch schmeckt ganz anders als die gekaufte aus dem Supermarkt, irgendwie viel ranziger und zudem böse. Um vierzehn Uhr kommt routinemäßig der Tierarzt. Er verschreibt mir eine antibiotische Salbe mit Panthenol für meinen Busen, macht ein paar Bauernwitze, die ich nicht verstehe und fährt dann wieder mit seinem Range Rover weg.

Für den Rest des Tages haben wir Feierabend und essen Äpfel und Rhabarber, da wir das als Einziges gefunden haben und noch nicht genau wissen, wo hier der nächste Supermarkt ist. Dann reden wir von unserem Heimweh. Wir vermissen den pulsierenden Rhythmus der Stadt, denn wir sitzen auf der Bank vor dem Feldweg, der zu unserem Hof führt und auf dem niemand sonst flaniert.

»Komm«, sagt da Petra: »Wir ziehen den Schweinen kleine Mäntelchen an und tun so, als wären sie Passanten!«

»Okay«, sage ich. »Aber nur, wenn du morgen die kleinen Ferkel fütterst.«

»Okay«, stimmt sie zu. »Aber nur, wenn du morgen die Bullen melkst. Mit Händen geben die sich nämlich nicht zufrieden!«

Wir küssen uns, es schmeckt etwas ranzig, dann schlagen wir ein. Wenn wir das hier alles ein bisschen urbaner kriegen, dann wird es gar nicht mehr so anders sein, als zu Hause in der großen Stadt. Oh mein Greven, wie du mich vermissen wirst. Für mich gibt es hier nichts mehr zu fürchten, außer den Tag, der nicht mit einem Happy End beginnt, der Tag, an dem der Bauer seine Frau nicht findet, weil diese vielleicht in des Großvaters Grube gestürzt ist.

29.

Frauen im Kreis

In meiner Küche stehen fünf attraktive Frauen und backen Plätzchen, vom Sofa aus kann ich sie durch die geöffnete Küchentür ganz gut beobachten. Sie backen Schokokekse, Spritzgebäck und irgendeinen Scheiß mit Haferflocken, bewegen sich dabei emsig. Sie kneten Teige, stechen mit so silbernen Förmchen Figuren aus, verschmieren Zuckerglasuren und dekorieren mit Perlen und Streuseln aller Art – allerdings nicht im Teamwork, sondern gegeneinander. Jede der Frauen möchte die anderen mit ihrem Backergebnis übertrumpfen und mich besonders begeistern. Was die ameisenhaft wuselnden Schnecken nicht wissen, ist, dass ich Kekse absolut nicht ausstehen kann, widerlicher Süßkram. Aber die attraktiven Frauen backen und backen und backen, denn es geht um viel. Diejenige, die mich mit ihrem Backwerk am meisten überzeugt, darf sich mein Regenbogeneinhorn für eine Woche ausleihen, völlig umsonst, und dann damit machen, was sie will, zum Beispiel auf dem Regenbogeneinhorn zu den Niagarafällen fliegen, mit dem wonneweichen Fell kuscheln, das Regenbogeneinhorn eine Blutrache an ihrem Exfreund verüben lassen oder auf dem Horn des Einhorns reiten. Alles kann, nichts muss, so ist das Einhorn nämlich drauf.

Für gewöhnlich vermiete ich das Regenbogeneinhorn stundenweise. Für eine Stunde Regenbogeneinhorn muss ein interessierter Pächter schon mindestens vierhundert Dollar hinblättern, logisch, bei der Nachfrage wäre ich dumm, das Viech günstiger feilzubieten. Während die Mädchen also backen was das Zeug hält, lasse ich mir vom Regenbogeneinhorn Pistazien erst öffnen und dann in den Mund spucken, was dem Regenbogeneinhorn, welches auf den Namen Martin Ludder hört, stets eine helle Freude ist. Das ist nämlich das Ding, weswegen Regenbogeneinhörner so beliebt sind: Sie lieben einfach alles! Völlig egal, was du dir perverses ausdenkst, Martin Ludder wird es lieben und höchstens damit zu kämpfen haben, seine bunten Freudentränen zu unterdrücken, was äußerst wichtig ist – denn die Freudentränen eines Regenbogeneinhorns hinterlassen nicht nur auf Stoffen, sondern sogar auf PVC- und Korkböden Flecken, die widerspenstiger sind, als diese braunen Spuren, die weißes Löwenzahnblut hinterlässt.

Nun stellt sich die Frage, warum ausgerechnet ich solch ein Wesen besitze. Man lasse mich dieses jetzt erklären:

Eigentlich gehörte Martin Ludder einem siebenjährigen Waisenmädchen, das sich dereinst nichts seliger wünschte, als einen echten Freund, da sie im Kinderheim immer gehänselt wurde. Und da dieses Mädchen auch Eiswaffeln, Pferde, Regen und Sonne liebte, schenkte ihr der himmlische Geist des lieben Valentin eine Mischung aus all den vier Dingen. Aus Regen und Sonne wurde erst der Regenbogen und aus der Eiswaffel und dem Pferd dann das Einhorn, die dann miteinander verschmolzen. Das kleine Mädchen war glücklich mit dem Wesen, aber ich fand es auch cool und da ich stärker und fünfundzwanzig Jahre älter war, kloppte ich das Mädchen in einen Brunnen und nahm das tolle Viech mit. Wir verstanden uns auf Anhieb, denn das Wesen war sehr masochistisch und vom kleinen Mädchen viel zu wenig gefoltert worden. Nun aber brauche ich mal eine Woche Urlaub von Martin Ludder, da mir vom vielen Foltern bereits Handrücken und Innenflächen, sowie das Knie und die Zähne schmerzen. So kam mir also die Idee mit dem Kekscontest, der eigentlich ganz anders gedacht war. Eigentlich wollte ich, dass die teilnehmenden Frauen sich nackt in einem Kreis um einen Keks setzten und ihre Körper dann zu einer weiblichen Ejakulation reizten. Das Mädchen, das als letzte squirten würde, hätte den Keks dann zu essen und den Contest zu verlassen. Bei fünf Teilnehmerinnen hätte es dann vier Runden gegeben, quasi Kekswichsen für Frauen, aber das schien aus meiner Zeitungsannonce nicht so klar hervorgegangen zu sein, weswegen die Schnittchen jetzt in meiner Küche stehen und backen, obwohl ich nicht mal Kekse mag und es obendrein maßlos sexistisch finde, dass Frauen den zeitweisen Besitz eines Regenbogeneinhorns durch einen Kochwettbewerb erlangen sollen.

Der Geruch von Gebackenem wird von Sekunde zu Sekunde unerträglicher, mufft mehlig und eiert zuckerig durch die gute Wohnstube. Ich lasse mir von Marin Ludder eine Zigarette drehen, anzünden und in den Mund spucken, verbessere mit vier kräftigen Zügen die Raumluft und drücke den Glimmstängel dann in Martins Auge aus.

»Cooler Move«, sagt Martin und rennt vor Freude so lange schnell im Kreis, bis ich ihm ein Bein stelle und er volle Möhre hinklatscht, über den Boden rutscht und mit dem Horn in der asbestverseuchten Wand steckenbleibt. Dieses ständige Foltern ist in der Tat sehr anstrengend, denke ich, als ich aufstehe, um dem Viech noch ein paar gehörige Tritte in den Bauch zu verpassen. Den Damen in meiner Küche bleiben nur noch einige Minuten Zeit, bis sie ihre Ergebnisse präsentieren müssen, denke ich gerade, als ich es vermehrt aus meiner Küche tuscheln höre. Auf einmal stehen die attraktiven Frauen mit Nudelhölzern, Backblechen, Gabeln und anderen Aua-Zufügern in meinem Wohnzimmer.

»Fick deinen Contest, du sexistischer Spast! Wir nehmen uns das arme Tier jetzt einfach«, fährt mich die Anführerin der Meute an und schwenkt dabei ein Lasso, das sie wohl aus Plätzchenteig geformt hat.

»OMG, wtf«, denke ich, da ich mich angesichts meiner Situation in Gedanken kurz halten sollte und Martin Ludder sagt: »Alter, bitches, ich bin kein armes Tier, sondern ein mächtiges Fabelwesen that has come to life.«

Die Frauen interessiert dieser Einwand nicht. Drei von ihnen packen mich jeweils an einem Bein, die anderen beiden nehmen meine Arme. Dann werfen sie mich in einen Brunnen, wo ich unsanft auf einem Parmaschinken lande. »Besser als Kekse«, denke ich und sammle mich erst einmal. Als meine Augen sich an die Finsternis gewöhnt haben, steht das Mädchen vor mir, das ich damals in den Brunnen geworfen hatte. Wir verlieben uns gemeinsam in die Steine des Brunnens und da die Steine nicht sagen, wen sie lieber mögen, sind wir hart eifersüchtig aufeinander. Aber dann reiße ich einfach einen Stein aus dem Brunnen und schlage damit dem Mädchen volle Lotte auf den Kopf. Das Mädchen fällt bewusstlos auf den Bauch. Ich entnehme ihr den Kreuz- und den Schlitzschraubenzieher, die Mädchen dieser Baureihe serienmäßig am Heck montiert haben, und steche mir gleichzeitig beide Augen aus, damit ich mir das Elend nicht mit anschauen muss. Natürlich hatte mich die Liebe für die Steine des Brunnens schon ansatzweise blind gemacht, aber eben nur sprichwörtlich und nicht medizinisch. Als ich mich an den Steinen des Brunnens entlang taste, stellt sich sehr schnell das Gefühl ein, im Kreis zu laufen, was durchaus wahrscheinlich ist. Auch wundert mich, dass sich am Grunde dieses Brunnens überhaupt kein Wasser befindet, woraus ich schließe, dass es sich am Ende gar nicht um einen Brunnen handelt, sondern um den Turm einer steinernen Burg! Und da fällt es mir wie Schuppen von den Haaren: Die Anordnung der Steine ergibt einen Sinn! Je mehr ich taste, desto mehr verstehe ich ihn. Einzelne, herausstehende Steine ergeben Worte in Blindenschrift! Irgendjemand muss in diesem Turm wahnsinnig geworden sein, folgendes ertaste ich: Frauen im Kreis. In meiner Küche stehen fünf attraktive Frauen und backen Plätzchen, ich kann sie durch die geöffnete Küchentür ganz gut beobachten …

30.

Liebesgeschichte …

[Ich schob gerade das vom Rumpf getrennte, linke Bein meiner Exfreundin in den Häcksler, als plötzlich mein Herr Nachbar die Scheune betrat und sagte: »Oh …«

Da *Oh* nun aber kein vollständiger Satz und mein Nachbar zu dumm für Ellipsen ist, komplettierte er mit: »Na wenn das so ist, dann gehe ich wohl lieber wieder.«

Ich denke, dass er gekommen war, um sich für seine Verfehlung zu entschuldigen, die darin bestand, mit eben jener Ex-Freundin ohne mein Beipflichten den Geschlechtsakt vollzogen zu haben, was auch für das Präfix *Ex* in ihrer Titulierung gesorgt hatte.

Als ich dann gerade seinen vom Rumpf getrennten, rechten Arm in den Häcksler schob, stand plötzlich seine Frau, in dem Moment bereits Witwe, in der Scheune. Sie sagte: »Ah«, und schrie eigentlich mehr, als dass sie sprach.

»Wenn jetzt noch drei Leute kommen, habe ich wohl alle Vokale durch«, dachte ich, als ich den vom Rumpf getrennten Rumpf der Nachbarswitwe in den Häcksler schob.

Aber es kam niemand.]

… für Vokale.

31.

Märchen haben nicht zwangsläufig recht, aber es gibt manchmal Happy Ends

»Oh Gott, oh Gott, ohgottogott«, brülle ich angsterfüllt. »Da steht ein Typ mit einer Axt auf der Strecke und ich kann nicht bremsen«, füge ich hinzu, denn es ist tatsächlich so. Schweiß perlt von meiner Stirn, kalter Angstschweiß ist es, und jegliche Farbe verlässt mein Gesicht. Kurz bevor ein Zusammenstoß zwischen Mann mit Axt und mir unvermeidlich wird, springt der Mann mit der Axt zu Seite und verschwindet im Dickicht. Gerade nochmal gut gegangen, denke ich, und atme auf. Doch was geschieht? Steht da wirklich ein Mann mit Zähnen wie ein Wolf und Fell wie ein Pudel? »Kneif mich mal, Karla«, fordere ich von Karla, die neben mir sitzt, aber gelassener wirkt als ich. Entweder ich bilde mir das alles nur ein oder Karla hat Nerven wie Drahtseile. Genervt kneift mir Karla in den Oberschenkel, wobei sie meinen dort abgelegten Penis nur um wenige

Zentimeter verpasst. Nichts an meiner Wahrnehmung ändert sich, das hier ist alles echt …

Als wir in die Wagen der Geisterbahn eingestiegen waren, hatte ich so etwas Krasses nie für möglich gehalten, dachte ich doch vorher, dass Geister alle unsichtbar sind. Aber hier war anscheinend ein Geist in der Form eines Mannes mit einer Axt und ein Geist in der Form eines Wookies. »Was geschieht, Karla«, frage ich und zittere ein bisschen. Sie schaut mich kalt an und schüttelt den Kopf ungläubig: »Das ist nicht echt, du Opfer«, schimpft sie, doch ich verstehe das nicht. »Klar ist das echt, sonst wär das doch alles Fernseher. Da ist ein Wookie, da war ein Mann mit einer Axt und … WOW! Der Typ da vorne sucht seinen Kopf!«

»Laber nicht«, sagt Karla, springt aus dem Wagen und hebt den Kopf des Mannes, der seinen Kopf sucht, vom Boden auf. Dann steigt sie zurück in den Wagen. »Hier«, sagt sie: »Alles Plastik.«

Krasses Teil, diese Karla, denke ich und mache für den Rest der Fahrt lieber die Augen zu. Als die Fahrt zu Ende ist und ich aufstehen möchte, ist der Platz, an dem ich gesessen habe noch etwas nass, mein Oberschenkel auch. »Die gottverdammte Limonade verschüttet«, behaupte ich und wünschte, dass ich mir glauben könnte. Aber so einfach ist das nicht.

»Du bist voll der lächerliche Penner, ich hab echt keinen Bock mehr auf dein Getue«, sagt Karla und will gehen, mich im Dickicht der Rummelblinklichter alleine lassen, was ich für keine gute Idee halte. Typen wie ich sollten nicht alleine gelassen werden, nicht in Menschenmengen und besonders nicht, wenn sie eine nasse Hose haben und sich erkälten könnten. »Lass mich nicht alleine«, rufe ich der Gehenden hinterher, Autoscooterlärm frisst meine

Worte aus der Luft. Dann renne ich in ihre Richtung und kaufe auf dem Weg eine große Portion Zuckerwatte, damit ich Karla an mir festkleben kann und sie mich nie wieder verlassen können wird.

Karla ist sehr schnell und das Gedränge sehr dicht, weshalb ich sie aus den Augen verliere, dann ramme ich aus Versehen meine Zuckerwatte gegen eine Oma, die sehr langsam läuft. Gezwungenermaßen laufe auch ich jetzt sehr langsam, denn Oma und ich kleben aneinander fest. Die Oma gibt mir Sicherheit und eine Tüte Mandeln aus, dann gehen wir in die Geisterbahn, wo das Großmütterchen sehr gut hinein passt. Mit der alten Frau an meiner Seite wirken die Schrecken der Geister aus Plastik gar nicht mehr so schlimm, was vielleicht auch daran liegt, dass sie, im Gegensatz zu Karla, während der ganzen Fahrt meine Hand hält.

»Zu viel Zucker ist nicht gut für dich, Junge«, sagt die Oma, als wir nach dem Rummelbesuch bei ihr zu Hause angekommen sind. Sie stellt mir einen Teller mit Knäckebrot und ein Glas warme Milch hin, dann spült sie ihre Zähne unter dem Wasserhahn ab. Draußen heulen ein paar Wölfe, was völlig normal ist, da sie auf dem Land mit Waldanschluss wohnt und der Vollmond die Bäume beleuchtet. Nach dem Essen habe ich Karla fast vergessen. Damit mir ein Missgeschick wie zuvor in der Geisterbahn nicht auch noch im Bett passiert, was ja durchaus möglich ist, denn wenn man so viel Schreckliches an einem Tag gesehen hat, kommt es vor, dass man böse träumt, zieht mir die Oma eine von ihren Windeln an, die mir sehr gut passt. Ihr Nachthemd ist aus feiner Seide mit einem Spitzensaum am Dekolletee. Da sie ihre Decke nicht mit mir teilen möchte, was ich verstehe, reicht sie mir einen Schlafsack.

Nachdem wir beide liegen, dauert es keine fünf Minuten, bis sie eingeschlafen ist. Mir fällt das mit dem Einschlafen schwerer. Vielleicht liegt es am Mond, der in das Schlafzimmer hinein scheint oder aber an den Wölfen. Auf dem Nachttisch steht ein Wasserglas, in dem die künstlichen Zähne tauchen, was ich auch gerne mal wieder machen würde. Tauchen. Sich selbst unter Wasser begraben, für kurze Zeit. Und dann wieder mit dem Kopf an die Oberfläche kommen. Und dann wieder runter und wieder hoch. Begraben, wieder da, begraben, wieder da. In meiner Zeit als Nichtraucher und Jugendlicher schaffte ich es bis zu zwei Minuten unter Wasser zu bleiben.

Um mir einen Überblick über das Terrain zu verschaffen, schaue ich auf mein Smartphone. Tatsächlich ist ein Waldsee in der Nähe, doch kann ich die alte Frau nicht einfach alleine lassen, sie würde sich bestimmt Sorgen machen, wenn sie erwachte und mich nicht fände. Im kleinen Holzschuppen finde ich eine Schubkarre, in welche ich die Oma lege, nachdem ich sie mit Decken und Kissen gut gepolstert habe. Dem Waldweg zu folgen ist aufgrund des hellen Mondlichtes nicht allzu schwer. Das Wasser ist wärmer als die Luft. Schnell saugt sich meine Windel voll, was sich spannend anfühlt. Man kann es den Zähnen der Oma nicht ansehen, aber ich denke, sie freuen sich, mal unter dem Sternenzelt in einem See schwimmen zu dürfen, anstatt immer nur des Nachts im Glas. Ich tauche auf und ab, begrabe mich unter Wasser, und versuche mit jedem Untertauchen die Zeitspanne des Begrabenseins zu erhöhen. An meine alten zwei Minuten komme ich nicht heran, stelle mir aber vor, es zehn Minuten ausgehalten zu haben. Da niemand mit einer Stoppuhr in der Nähe ist, kann auch niemand das Gegenteil beweisen, höchstens der Mond, doch glaube ich kaum, dass der alte Geselle ein Zeitgefühl hat, so lange, wie der es schon alleine im Weltall rumhängt.

Dann habe ich genug und gehe an Land. Es ist ziemlich kalt, die Zähne der Oma klappern in meiner Hand. Die Schubkarre steht unverändert, doch als ich ihr näher komme, sehe ich ihre Augen das Mondlicht reflektieren, sie sind sehr groß. »Großmutter, was hast du für große Augen«, frage ich die Frau in der Schubkarre. Anstatt zu antworten, heult sie laut auf, springt hoch und rennt geschwind wie der Blitz in den Wald. Unter der vermeintlichen Oma liegt unversehrt und immer noch schlafend die richtige Oma. Der Wolf hatte anscheinend nur sein Rudel verloren und kannte die Großmutter, mit der er schon lange in guter Nachbarschaft wohnt, weswegen er ein bisschen mit ihr kuschelte. Ein bisschen bin ich eifersüchtig auf das geflohene Tier, denn mit mir wollte die Frau nicht kuscheln. Ein bisschen bin ich aber auch eifersüchtig auf die Oma, denn mit mir wollte das Tier nicht kuscheln. Ein bisschen bin ich aber auch sauer auf Karla, denn wenn sie nicht weggegangen wäre, könnte ich jetzt mit ihr kuscheln. Immerhin hatte der See nichts dagegen, mich in seine Arme zu nehmen.

Etwas verwirrt bugsiere ich das Baustellengerät mit der Dame über Stock und Stein zurück zum Haus, lege sie ins Bett und plündere ihre im gesamten Haus versteckten Habseligkeiten bis ich mich reich genug fühle, um mit meinem Schmerz klarzukommen. Als sich mehrere Teile Goldschmuck, ein Sparbuch und einige tausend Euro in meinem Besitz befinden, geht es mir wieder sehr gut und ich lege die Beutestücke wieder zurück an ihre Fundorte. Dass ich jetzt wieder arm bin, fühlt sich viel schlimmer an als vorher, denn wenn man einmal reich war, merkt man erst, wie doof es ist, arm zu sein. Verdruss durchfließt meinen Körper wie in die Adern gespritztes Quecksilber und ich fühle mich krank und schwach. Das Ölgemälde eines französischen Kaisers, dem ich von meinem Kummer berichte, antwortet nicht, vermutlich versteht es kein Deutsch. Dann steht plötzlich die Oma hinter mir. Anscheinend hat sie alles mitgehört und verspürt jetzt den Drang, mir tröstend über den Kopf zu streichen, unser erster wirklicher Körperkontakt, seit sie in der Geisterbahn meine Hand gehalten hatte. Das Anlegen der Windel zähle ich nicht mit, da es eher ein technischer Vorgang war.

Da sie jetzt weiß, was mich bedrückt, erzählt sie mir von ihrem Kummer: »Ich gehe so gerne in die Geisterbahn, um meinen Sohn zu sehen. Es ist der einzige Ort, außer beim Film, an dem er arbeiten kann. Hast du ihn gesehen?«

Natürlich meint sie den Wookie. Und natürlich habe ich heute den Vater kennengelernt, im Wald. Von wegen, alles Plastik, denke ich, und schicke Karla eine SMS. Die Oma will mir beim Formulieren helfen, aber die Worte, die sie wählt, klingen altmodisch. Bevor ich gehe, will sie mir noch eine goldene Kette und einen Siegelring in die Hand drücken. Die Kette für Karla, den Ring für mich, doch ich lehne die Geschenke ab. »Entweder sie liebt mich oder Gold«, sage ich.

Zu Hause angekommen hängt ein Zettel an meiner Wohnungstür. »Es tut mir leid. Ich vermisse dich. Melde dich«, sagt er.

Lyrikappendix

Im Nebel

Schemenhaft und hinter Nebel säumen Birken einen Teich
Karg und blattlos, fast bulimisch, Rinde fahl und ausgebleicht
Strecken Äste in des Himmels Sphäre doch erreichen nicht
Was notwendig wär für Blüte, ausgesperrt das Sonnenlicht

Hier, in tiefster Waldestiefe
Hier, wo niemand sonst verkehrt
Hier, wo selbst, wenn man laut riefe
Niemand deine Schreie hört
Trug ich dereinst vor langen Zeiten
Trug ich in einem Sack aus Cord
Trug ich den Körper meiner zweiten
Heißgeliebten Tochter fort

Lass versinken
Schrie dem Moor ich
Voller Zorn ins Angesicht
Lass verschwinden
Was mein Leben
Langsam auseinanderbricht

Sei des Körpers, den ich trage
Fortan letzte Ruhestätt'
Und sei schweigsam auf die Frage
Wer ihn dir bescheret hätt

Ja, so sprach ich
Und so sank der
Körper auf des Moores Grund
Bleichgesichtig
Blass wie Flieder
Von dem Licht des Mondes Rund

Und alljährlich an dem Tage
Da bestattet wurd' das Kind
Kehr ich wieder hin und frage
Ob für Wahrheit denn ich blind
Denn beim Starren auf die Stelle
Die den letzten Ort markierte
Wo nach einer letzten Welle
Sie des Wassers Reich passierte

Steht ein Wesen, jede Nacht
Das des Grabes Tor bewacht

Toasterkopf auf Frosches Nacken
Drachenkamm und Stiefelein
Blaues Reh, die Schuhe zwacken
Auf der Rose steht's allein

All die Träume meiner Kleinen
Alles, was sie je geliebt
In einem Wesen am Erkeimen
Ist, was ihr den Schutz jetzt gibt

Und so weine ich nicht weiter
Über den Verlust von ihr
Morde lieber einfach heiter
Töchter hab ich ja noch vier

Festtagsomnomnom

Ein Duft von Zimt
Ein Hauch von Birne
Liegt in unsrer Küche Luft
Es spielt das Kind
Mit einem Schirme
Jagt imaginär den Schuft

Poltert über Tisch und Stühle
Poltert über Mikrowell'
Poltert über Fisch in Spüle
Poltert wild und poltert schnell

Ohne Rast und ohne Ruhe
Steigt es auf die Tiefkühltruhe
Und man fragt sich: »Was soll das denn?«
Denn es springt in Besteckkasten

Und nun kreischt es spitze Schreie
Ja es bölkt wie'n Muezzin
Denn es stecken zwei bis dreie
Messer in dem Kinde drin

Da es ward nicht mehr zu retten
Konnten wir die Pfanne fetten
So wurd aus dem Messergraus
Noch ein feiner Festtagsschmaus

EBER muss LEBEN

Mein Eber ist beim Chiropraktiker
Meine Freundin hängt unten am Balkon
Meine Leber sagt *ohne Schnaps wär praktischer*
Das Fundament der Liebe ist Beton

Ich stehle dir deine Computermaus
Du schaust verstohlen in die Luft
Aus unsrer Freundschaft ist die Luft längst raus
Sie liegt schon japsend in der Gruft

BITTE GEH!
BITTE GEH!!
Und komm dann später wieder
Mein großer Zeh
Liegt im Klee
Und kloppt die Ameisen kaputt

Oh Veronika! Dein langes Haar
Ist schütter geworden

Mein Eber kauft sich Holz beim Praktika
Meine Freundin fliegt über uns davon
Meine Leber kommt ohne Schnaps gar nicht klar
Das Fundament der Liebe ist Beton

Im Zuckerstreuer ist weißer Kot
Zucker ist scheiße
Ich schlage die Verantwortlichen dafür kaputt
Aber
Wo ist Gott?

Tomatensaft!
Hat es fast geschafft
Mein Oberarm ist bis zum Knie gewachsen
Rasiermesserschaft
Sind Frauen über vierzig
In Schuluniformen

Oh Monika! Dein kurzes Haar
Bedeckt deinen Prachtschinken

Mein Eber investiert in Aktien, ja
Meine Freundin kommt vor in diesem Song
Meine Leber ist mittlerweile nicht mehr da
Das Fundament der Liebe ist Beton

Ich klaue dir dein Fahrrad
Und renne damit weg
Dir ist das egal denn du bist
Ein echter Kommunist

Meine Tante hat Klebeband um den Kopf gewickelt

Das Kissen ist so hart
Die Nacht ist so dunkel
Ich werfe dein Fahrrad in den Kanal

Der Papst ist am Start
Seine Augen, die funkeln
Dein Fahrrad ist ihm völlig egal

Ey, EBER! Geh mir nicht auf den Sack, Dicker
Meine Freundin stürzt und es macht *klong*
Auf ihrem Sarg ein Rest-In-Peace-Sticker
Der Boden, den sie traf, war aus Beton

Der Opa

Der Opa schaut nach Ost und West
Der Opa schaut nach unten
Der Opa sucht hier nach Asbest
Doch hat noch nichts gefunden

Schau Opa! Schau da!
Nein, doch nur ein Haar
Schau Opa! Schau hier!
Nein, doch nur Papier

So schaut er vergebens nach giftigen Stoffen
Doch statt mich zu freuen, will ich lieber hoffen
Das er doch noch irgendwas fänd'

Und was macht eigentlich Oma?
Backen mit den Enkeln
Tratschen mit den Nachbarn
Heiß aussehen im Bikini
Und einmal täglich kochen
Denn das war damals so
Und für Oma ist damals noch heute

Und der Opa?

Der Opa schaut von Nord nach Süd
Der Opa schaut nach oben
Der Opa schimpft mit Worten rüd'
Wenn Kinder heftig toben

So schaut der Opa immer noch
Als Oma und ich chillen
Wir rauchen Gras, selbst angebaut
Um Omas Rheuma willen

Denn wenn Opa schaut, dann nur damit er was zu tun hat
Und wenn Oma chillt, dann nur, damit sie damit nichts zu tun hat

Metamorphosen

Ich bin eine Raupe
Und du bist ein Reh
Ich werd Schmetterling
Und du wirst Filet

Das kleine Gedicht eines Hamsters

An einem Tag saß ich
Im Käfig, dort aß ich
Eine Haselnuss
OM NOM NOM NOM OOOOM NOM NOM NOM

Mensch draußen
Stand, lachte
Ob dem, was ich machte
Das Nagetier unfrei
Bracht Freude herbei

Doch wenn man mich fragte
Was lieber ich nagte
Statt Nüsschen
Statt Hafer
Statt Pellets und Brot
Ich nagte deinen Hals durch
Von vorn bis nach hinten
Om nom nom
Om nom nom
Und dann wärst du tot

O

Ich kaufe ein O
Stelle es in den Schrank
Und nenne ihn Schronk

Ein A fällt heraus
Ich hebe es auf
Stecke es in die Hosentasche
Nenne sie Hasentasche
Und habe wieder ein O zu viel

Beim nächsten Feuerwerk
Werde ich es in die Luft werfen
Um meinen Jubel kundzutun

Ooooooooo.

Bolero der Liebe

Sing mir den Bolero der Liebe
Ich bin die Putzfrau deiner Lust
Los! Kauf mir ein paar Moonboots
Nicht weil du willst, sondern weil du musst

Ich bin an Goldbarren interessiert und an Ebern
Schinkenspeck! Schinkenspeck! Pack die Pistole weg!
Ich und du
Du und ich
Wir sind Geschwister im Geiste
Und der Esel zelebriert den Barhocker
Der Turm von Pisa ist so schief
Wie du dumm bist

Sing mir den Bolero der Liebe
Du bist die Wanderhure meiner Lust
Los! Trag für mich eine Thomas Gottschalk-Maske
Nicht weil du willst, sondern weil du musst

Ein Feuerzeug ist nie so heiß
Wie ein Angriff einer Zombieherde
OH Großmutter! Dein BH
Ist mir zu eng

Ich besaufe mich mit Wein
Und nässe dann das Laken ein
Wurste den Esel!
Er soll die Schweinerei
Fotografieren

Tanz mit mir den Samba des Gemüses
Ich bin das Ende vom Gelände
Ein Preis auf dem Produkt deiner Wahl
Zweiklassensystem im Supermarktregal
Du bist du dicke Omma
Denn du bist dick

Steh auf für mich!

Es wird immer gesagt, meiner Generation würde es zu einfach gemacht. Es gäbe in unserer Gesellschaft kein politisierendes Etwas, für oder gegen das es sich lohne, auf die Straße zu gehen und *denen da oben* etwas Angst einzujagen. Das wollte ich nicht glauben und demonstrierte. Demonstrierte gegen NPD-Aufmärsche, gegen Leute, die Seife aus süßen, kleinen Kätzchen machen oder unschuldige andere Viecher in irgendwelche 200ml Drahtkäfige stopfen und dann warten, dass ein Ei rausfällt. Montag habe ich mir für die Montagsdemos sowieso im Kalender freigehalten. Ich trug in meiner rechten Hand schon Greenpeace-, Ver.di-, ötz-, Freie Bildung-, smash fashism-, destroy capitalism- und Sexisten-auf´s-Maul-Banner, die Gesellschaft gab immer genügend Grund, sich irgendwo für irgendwas zu positionieren und in eine Trillerpfeife zu blasen. Tröööt. Aber schlecht ging es mir in Deutschland eigentlich nie, zumal ich ja nie selbst betroffen war. Ich empfange weder Hartz IV, bin keine Frau, kein Ausländer und kein Hühnchen aus Massentierhaltung, außerdem glaube ich nicht, dass jemand ernsthaft Interesse daran hat, sich meinen Pelz anzuziehen oder mich als Delikatesse zu verkaufen (nicht mal meine Organe wären viel wert, dafür rauche ich zu viel). Die Gesellschaft hat mich nie bedroht.

Aber dann war ich im Sommer für zwei Monate in Simbabwe. Der Staat dort ist ein Arschloch. Er bäumte sich heftig drohend vor mir auf, schaute mir ohne Unterbrechung bei allem was ich tat über die Schulter und verbot mir zu sagen, was ich wollte. Warum?

Warum gab es in der DDR die Stasi? Wenn man Angst vor seinen eigenen Leuten hat, dann muss man unterbinden, dass sie sich verbinden, Banden bilden, um etwas anzuzetteln. Dafür muss man sie beobachten, vierundzwanzig Stunden am Tag, sieben Tage die Woche, um ihnen Angst zu machen. Irgendwann war ich im September wieder in Deutschland zurück. Hier gibt es Redefreiheit. Ich dürfte zum Beispiel, auch wenn ich es nicht so meinte, einfach mal zu meiner Schwester sagen: »Du, Kerstin, weißt du was, also die Regierung ist echt mal ganz großer Käse! Und weißt du noch was? Sie ist sogar stinkender Käse und da würde ich mir keine Scheibe abschneiden, selbst wenn ich nur Brot zu Hause hätte.«

Und meine Schwester müsste, wenn sie gleicher Meinung wäre, keine Angst davor haben, mir zuzustimmen, indem sie sagen würde: »Stimmt!«

Und dann war ich wieder in Deutschland und es wird darüber diskutiert, dass man auch hier stasiähnliche Überwachung rechtlich rechtfertigen wolle. Um Terroristen zu finden. Wo sollen denn diese Terroristen sein? Im Internet?! Kann man die downloaden? Kostet das Geld? Wähle 0190ALQUAIDARAF und erhalte ein Attentat deiner Wahl. Auf's Handy. Puff. Wenn der Staat Angst vor Terroristen hat, dann muss er nicht überall Kameras hinstellen, sondern muss sich selbst so verändern, dass keiner mehr Lust hat, ihm was anzutun. Da muss der Staat so werden wie Schweden! Oder die Schweiz! Die will doch auch keiner sprengen, die Süßen. Liegt vielleicht am Namen. Schweden. Schweiz. Nennen wir uns halt Schweutschland und sparen Geld für Überwachungstechnologien.

»Ich hab ja nichts zu verbergen«, sagen dann die Einfältigen. »Sollen die mich ruhig überwachen ...« ... HALLO? Aufwachen! Nur weil Du Deine Freiheit zu reden nicht nutzen willst, hilf wenigstens mir, meine zu behalten.

Liebe Frauen. Ich habe dafür gekämpft, dass ihr so viel Geld bekommt wie ich, wenn ihr denselben Job macht, jetzt: Steht auf für mich.

Liebe Hartz IV-EmpfängerInnen! Nächsten Montag wieder vorm Rathaus, aber jetzt: Steht auf für mich.

Liebe Hühner! Booork boook bok bok boooork! Und übersetzt das auch für die die Schweine und Rinder, und: Steht auf für mich.

Liebe Gewerkschaften! Heute geht es mal nicht um Geld, sondern um eine Freiheit, die man mit keinem Geld der Welt bezahlen kann, also: Steht auf für mich.

Sevgili Türkler, uwaschajemije russkije towarischi and everyone else! Wenn ihr mal wieder Ärger mit Intoleranz habt, you know, you never walk alone, aber heute: Steht auf für mich. Für euch. Für die erkämpfte und die zu erhaltende Freiheit. Ich bin ein Redner, ich muss doch ohne Angst sagen können, was ich denke. Oder?

Jetzt steht verdammt nochmal auf und demonstriert, solange ihr noch dürft! Und du, Kamera, hör auf mich zu filmen!

Fiberglas

Wie jede andere ruhmgeile Diva habe auch ich gerne Fans, die mir mitteilen, wie dufte sie mich finden. Bevor ich zum ersten Mal im WDR lief, bekam ich schon dann und wann mal eine nette E-Mail oder eine Nachricht in irgendwelchen web2.0-Internetforen von Leuten, die mich mal auf einer Bühne gesehen haben und irgendeinen Text als besonders hörenswert empfunden haben. Solches Feedback finde ich natürlich nett. Dann habe ich im WDR den vorangegangenen Text gegen Schäubles Fibertraum von einem tollen Überwachungsstaat vorgelesen, und ja, der kam von Herzen und ja, ich war wirklich in Afrika. Nachdem dieser Text über den Äther geschickt wurde, passierten zwei Dinge: Erstens steht jetzt immer ein Lieferwagen mit verdunkelten Scheiben vor meinem Haus und es knistert in meinem Handy, wenn ich telefoniere, bin also wohl zum Staatsfeind geworden, und zweitens haben sich die Mails von irgendwelchen Menschen an mich vervielfacht, bin also zum Randgruppenliebling geworden oder so. Eine dieser Mails möchte ich jetzt mal zitieren: »Total toll, dass sich endlich mal jemand öffentlich gegen diesen Überwachungswahn einsetzt! Was man so macht geht doch echt mal keinen was an, da bekommt man ja richtig Angst. Ich steh auf (für) Dich, Stefanie.«

Für Stefanie ist dieser Text.

Stefanie Hitzer! Du wurdest am 6. Dezember 1984 in Recklinghausen geboren und studierst jetzt Soziale Arbeit in Greifswald. Ich kenne all deine Lehrveranstaltungen. Deine Haare sind blond, deine Augen grünbraun und du bist 1,68 groß. Deine Lieblingsbücher sind *Säulen der Erde* und *Die Päpstin*, deine Lieblingsfilme sind *Crank*, *Adams*

Äpfel und *Mikrokosmos*. Du zitierst gerne Woody Allen. Du hast Angst vor Spinnen und verweigerst das Bezahlen der Rundfunkgebühren. Das ist nur ein Ausschnitt deiner StudiVZ-Informationen. All diese Information bestätigst du bei myspace unter deinem tollen Nicknamen *MissBeautyStar*, nur erfahren wir hier noch viel mehr über dich. Täglich berichtest du per Bulletin, was du am Tag gemacht hast und was du am Abend vorhast. Du warst beispielsweise am 4. März beim Friseur, hast dir schwarze Strähnen machen lassen. Die Fotos bewiesen es noch am selben Tag. Seit dem 18. Dezember 2007 bist du Single, hast seitdem mit sechs Typen geknutscht, die meisten sahen deinem Exfreund ziemlich ähnlich. Du scheinst mehr Wert auf Frisuren als auf Augenfarbe zu legen, alle hatten schwarze Haare, aber die unterschiedlichsten Augenfarben. In einem Erste-Hilfe-Forum für Geschlechtskrankheiten informierst du dich unter demselben Nicknamen darüber, wie am besten mit einem Scheidenpilz zu verfahren sei. Dein Profil in dem Forum bestätigt erneut deinen Namen und dein Geburtsjahr. Die Scheidenpilzanfrage kam genau drei Tage, nachdem du mit dem vierten Typen was hattest. Da hat also jemand nicht aufgepasst. Nebenbei kiffst du. Du sagst es nirgendwo explizit, bravo, aber bei YouTube sehen wir dich, wie du einmal mit deinem Ex-Freund zusammen eine Bong rauchst und ein anderes Mal auf einem Festival eine Tüte drehst. Du hast die Videos selbst hochgeladen. Soll ich weitermachen? Du wählst SPD, arbeitest neben dem Studium in einem Café für 7,20 die Stunde und konntest, was dich geärgert hat, nicht zum Manu Chao-Konzert, weil du arbeiten musstest. Ich könnte mehrere Stunden referieren, was du alles gemacht hast.

Was man so macht geht doch keinen was an, sagst du. Stimmt. Aber warum reibst du es dann TÄGLICH jedem, der es nicht wissen will, brühwarm unter die Nase?

Liebe Stefanies und Stefans und wie ihr heißt, was ist kaputt bei euch? Wenn ihr einen Pilz irgendwo habt, dann geht doch einfach zum Arzt! Der darf es nicht weiter erzählen. Sucht euch Freunde, die mit euch reden. Die ganze Welt ist bestimmt nicht euer Freund. Wenn ihr meint, dass der gläserne Mensch zerbrechlich ist, warum ersetzt ihr dann Tag für Tag für Tag eure schöne Haut durch Fieberglas?

(Nachtrag: Diesen Text habe ich geschrieben, bevor facebook das Ganze dann völlig ad absurdum geführt hat …)

ANDY STRAUSS

UHRMACHER

Während die einen ihren unendlichen Reichtum durch übertriebene Feste und Orgien zelebrieren, verstecken die anderen ihre als Erlöser eines chinesischen Naturvolkes erwirtschafteten Diamanten einfach in der Miniatur eines Schrottplatzes, welchen sie in ihrer Wohnung nachbauen. Ein schicksalsvoller Anruf beim Uhrmacher Mr. Smith lässt diese Welten auf unheilvolle Weise zusammenstoßen.

Nach 2 Büchern mit Kurzgeschichten, einem Bilderbuch und unzähligen Beiträgen im Zeitschriften (u.a. Dummy Magazin), nun der erste vollständige Roman des Enfant terrible der Slamerszene.

Andy Strauß, Uhrmacher
Taschenbuch | 160 s. | 9,99 €
ISBN: 978-3-942920-06-3 | Veröffentlichungsdatum: 01.10.2011

ANDY STRAUSS

KUCK DIR DIE TIERE AN, WIE GLÜCKLICH DIE IMMER SIND

Was würdest du tun, wenn du nur noch zwei Monate zu leben hättest?
Oder wenn du dir mit der Idee eines Freundes einen goldenen Arsch verdient hättest, ohne ihn daran zu beteiligen?
Und was würdest du tun, wenn du schon immer eine Kerze hättest sein wollen, aber niemand nimmt diesen Wunsch wirklich ernst?
Wie geht man mit scheinbar unlösbaren Problem um?
Ganz einfach: Kuck dir die Tiere an, wie glücklich die immer sind.

Ein Roman über Schuld, Sühne und Suggestion.

Andy Strauß, Kuck dir die Tiere an, wie glücklich die immer sind
Hardcover | 160 s. | 14,95 €
ISBN: 978-3-942920-15-5 | Veröffentlichungsdatum: 26.09.2012